Katia Balmelli

Albero custode

Romanzo

gabriele**capelli**editore

Sono passate poche ore da quando Lucia ha risposto con diffidenza al telefono che aveva squillato a un orario insolito. Una voce maschile, sconosciuta, non aveva indugiato; all'uomo risultava che lei fosse una delle sorelle di un certo Mario, quarantanove anni, trovato morto alla stazione ferroviaria. Avrebbe dovuto recarsi al più presto all'obitorio per il riconoscimento della salma e per accordarsi sul rimpatrio.

Lucia, donna forte e pratica, cerca sempre di reagire alle disgrazie della vita. Rialza la testa. "Ciò che è stato è stato. Bisogna andare avanti", penserebbe di solito. Ma non questa volta. La tragica notizia, tanto inattesa quanto dolorosa, la penetra con violenza. Sopraffatta, non sa quanto sia rimasta con la cornetta del telefono in mano, seduta a guardare il mondo che le appare incolore, silenzioso e vuoto. È il tüüt tüüt dell'apparecchio telefonico a riportarla alla realtà di sempre. Un suono noioso e insistente, privo di empatia, egoista nel suo ripetere che la cornetta va riappesa. Ma per lei un toccasana.

Si riscuote, riappende il telefono e, lentamente, la vita riprende a fluire dentro di lei. Ritrova il senso del concreto, virtù ereditata dalla madre, che finora l'ha salvata dalle situazioni difficili. Ricomincia a riflettere.

"Il riconoscimento sarà una formalità", pensa. "Non era un vagabondo mio fratello, ma un onesto lavoratore e sicuramente aveva il passaporto nella tasca interna della giacca, la indossava sempre per viaggiare. Insomma, è inutile continuare a fare congetture, tanto devo andare giù, dopo saprò come stanno le cose". «Fino laggiù!» ripete a voce alta come se solo in quel momento si rendesse conto del viaggio

che dovrà intraprendere e delle difficoltà che potrà incontrare. Non vuole andarci sola, chiederà a sua sorella di accompagnarla.

«Pronto?» risponde Angela con voce squillante.

«Sono io. Ho una brutta notizia. È morto il Mario...»

«Cosa?» interrompe incredula la sorella.

«Si è sentito male alla stazione, laggiù. Quelli dell'ambulanza non hanno potuto fare più niente. Pensano a un infarto. I m'a ciamòu sgiü, tu vén isséma?»

Angela dice solo con voce strozzata che sì, sarebbe andata con lei.

Mentre riattacca, già avverte le fitte della colpa. Sono arrivate così, di botto, senza preavviso. Cerca di scacciarle, di farsene una ragione. "È stato il destino, uno sciagurato destino."

Sente che quella morte così improvvisa, inaspettata, ha spezzato in modo brutale l'illusione di poter aiutare il fratello. Spesso, incontrandolo, si era fatta l'idea che lui si portasse appresso un pesante fardello; non sapeva veramente di cosa si trattasse, percepiva la sofferenza e l'inquietudine, un mal di vivere che, ogni volta, le stanava il desiderio, il bisogno forse, di aiutarlo. Ma non sapeva come, per cui rimandava quel difficile compito e ora ecco che la morte se l'era portato via prematuramente.

Rabbrividisce.

Il giorno dopo parte con Lucia.

Le due sorelle osservano le fiamme. Sembrano trarre conforto nel sentire il braccio dell'una appoggiato a quello dell'altra, altrimenti non si spiegherebbe la loro posizione nell'ampio spazio che offre il cortile spoglio. Infagottate in pesanti mantelli, rimirano la fiamma che di tanto in tanto si allunga oltre l'orlo dei bidoni, riflettendosi nello smarrimento dei loro occhi e colorando per qualche istante i visi smorti. Non parlano. Sorprese e impreparate ad accogliere una realtà fino ad allora sconosciuta, le donne avvertono il turbamento insi-

nuarsi fin dentro le budella, si sentono rimescolare, come da bambine quando, per gioco, a occhi bendati le facevano girare come trottole e poi non sapevano più dov'erano il sotto e il sopra, il qua e il là.

In silenzio, assistono alla distruzione di una testimonianza che sentono inaccettabile, come se, così facendo, potessero dimenticare la sofferenza di un uomo che non si è lasciato conoscere.

Al momento la ritengono una decisione giusta; sono convinte che il fuoco purifichi l'anima del morto e, forse, anche la loro. E pare proprio così nel vederle attente a osservare il fumo uscire dai bidoni: con gli occhi alzati seguono le volute che, nel salire, si espandono fino a dissolversi alte nel cielo mentre il loro viso si rilassa appena, tanto da potervi indovinare un po' di sollievo.

Il rogo è stato breve; il fuoco ha bruciato con violento ardore la carta, trasformando in luce e calore i tormenti, ma anche le speranze.

La luce si è spenta. Il calore è più lento nel regalarsi a quella fredda giornata di novembre, sembra voler deliziare le donne che osservano la cenere con amarezza e in quel momento, forse, intuiscono che si depositerà sui loro cuori.

Nacque fra le mura della vecchia casa paterna, in un paese di montagna. Lo chiamarono Mario, come il nonno. Aveva grandi occhi che spalancava per scrutare il volto di Gemma, sua madre.

Da lei non riceveva molti baci, e nemmeno tante carezze, ma percepiva ugualmente il suo amore, lo assorbiva assieme al latte che succhiava dal seno, dalle sue mani quando lo accudiva, e dal suo sguardo.

La sera, coricata vicino a suo marito, Gemma sentiva il piccolo muoversi nella culla. Un libro ancora chiuso in mano, alzava gli occhi e guardava lontano. Intravedeva un futuro incerto, ma anche in parte intuibile: portatore della memoria di vite consumate, di tribolazioni e di gioie appartenute a mamme e a figli ormai morti. E lo scrutava, lo interrogava e sperava che tutto andasse bene e che nessuno si ammalasse: basta con i morti in famiglia. E pensava alla tubercolosi, a quel male che serpeggiava maligno fra la gente e quando lo si riconosceva era troppo tardi.

Ricordava suo fratello. Per tutti era una semplice tosse, un male di stagione. Poi il peggioramento, il ricovero in sanatorio e infine la terribile morte: ucciso dalla mancanza di aria.

Le lacrime le bagnavano i capelli e inzuppavano il guanciale. Carlo se ne accorgeva, ma non chiedeva. La guardava con affetto e le diceva: «Dai, leggi un po'».

La mattina, Gemma si alzava molto presto per accendere il fuoco. La camera era fredda e lasciare il tepore che ristagnava sotto le coperte era un atto di volontà. Si vestiva velocemente. Durante la notte, il rigido inverno riusciva a spingersi fin dentro le mura di casa, e a gelare l'acqua che la sera, prima di coricarsi, aveva versato nel catino.

«Pace, mi laverò prima di andare a letto», sussurrava fra sé con il solito senso pratico. Si pettinava i capelli neri, li intrecciava e li raccoglieva in una crocchia dietro la nuca. Con l'abitudine del gesto la affrancava usando delle forcelle. La pettinatura metteva in risalto la finezza del viso: naso e bocca sottili, occhi verdi, zigomi alti. Gemma era bella.

Si diede una lisciata ai vestiti e indossò il grembiule scuro. Casualmente, gettò lo sguardo oltre la finestra. Era ancora buio, il cielo era coperto, ma il lume di una lanterna oscillava in fondo al sentiero.

"La Martina è già in pista", pensò. "E sì, *l'è ura da urdanà.*[1]" E s'affrettò a scendere in cucina. Con gesti divenuti quasi automatici infilò due o tre pezzi di legna nel fornello della stufa, aggiunse qualche pigna ben secca e accese. Si sedette.

Il gatto si strusciò alle gambe. Lo scorrere dei pensieri era disturbato dal soffiare del fuoco che avvampava e rimbombava nei tubi della stufa e dallo scoppiettare di strizze sibilanti, costrette nel piccolo spazio del fornello.

Ritrovò l'attenzione: si alzò, prese il latte nella dispensa, ne versò un po' nel piattino per il gatto che alla vista del bricco iniziò un miagolio insistente, e riempì un pentolino annerito. Lo mise sul fuoco dopo aver tolto il primo cerchio di ghisa.

Si sentiva bene quando si muoveva e lavorava, anche duramente. Raccogliere legna era un'attività faticosa, eppure era soddisfatta quando portava a casa un bel carico; quella legna sarebbe servita a riscaldare la casa, le avrebbe permesso di cucinare o di preparare *la buiòta* per intiepidire le lenzuola. Amava fare il pane, impastare la farina con l'acqua, dargli la forma e cuocerlo nel forno a legna per poi ritrovare una pagnotta profumata e croccante: le sembrava un miracolo ogni volta, una trasformazione divina. E quando tutti erano a tavola, ecco che posava al centro la sua creazione.

Ma arrivava presto la sera, poi il buio e con esso la fine delle

---

1 Il termine "urdanà" non significa solo mungere ma include tutte le operazioni che vanno svolte due volte al giorno (spazzare, arieggiare la lettiera, dar da mangiare, eventualmente spazzolare e pulire l'animale).

incombenze giornaliere. Gemma si sedeva e, mentre accarezzava il gatto, scivolava dentro di sé dove inevitabilmente incontrava preoccupazioni e paure che i ricordi riattizzavano come un fuoco, rinato da carboni mai spenti.

* * *

Mario aveva da tempo superato l'anno e voleva seguire la madre ovunque andasse: nel soggiorno, quando ogni mattina lo riassettava, sulla terrazza, se usciva a stendere i panni, e nell'orto.

Giocare nell'orto gli piaceva, imitava la mamma mentre coltivava senza perderlo d'occhio, affondava le sue manine nella terra, a volte se le metteva in bocca. Solo in bagno non poteva seguire sua madre; lei lo lasciava ad aspettarla nel corridoio. Non lo voleva.

A volte, la mattina, Gemma lo portava al raduno delle capre. Verso le otto il pastore, ancora solo al centro della piazza, lanciava un richiamo basso e potente soffiando in un corno di becco.

Con il piccolo in braccio, la donna si avviava verso la piazza; subito si ritrovava fra le capre. Ne arrivavano da ogni angolo, a gruppi, incitate dai padroni. C'era chi le chiamava per nome, chi le dirigeva con piccoli colpi di bacchetta o con manate sulla coscia o sul fianco.

«Ohi bambino, vuoi fare il pastore?» Martina era sempre l'ultima ad arrivare. Con quell'andatura basculante, che non si sapeva come l'avesse presa, sembrava un marinaio appena sbarcato. A vederla da lontano spuntar su dietro le capre, destra sinistra destra sinistra, ricordava un metronomo che col suo dondolio cadenzava il passo degli animali. È un mistero come riuscisse ad avanzare, ci si sarebbe aspettati di vederla spostarsi di lato.

Forse era la singolare camminata la ragione del suo ritardo cronico, oltre che un'insuperabile voglia di chiacchiere. Ne aveva per tutti, e tutti ricambiavano volentieri, visto la schietta simpatia che la distingueva.

«Ciao», rispondeva Gemma. «Credo proprio che da grande farà il pastore. Se sente il corno non c'è più verso di tenerlo!»

Martina era trasandata, non si pettinava e portava scarpacce senza forma e senza stringhe. Nell'insieme dava l'idea di una persona povera.

Il suo però non era un problema di soldi, bensì di pigrizia. Era profondamente, irrimediabilmente pigra, fino al punto di aver ridotto al minimo le azioni quotidiane. Faceva giusto l'indispensabile, e occuparsi delle capre era l'unica mansione per la quale riusciva a mantenere una disciplina costante. Per tutto il resto c'era tempo; un'altra volta; quando farà caldo; se viene l'inverno.

"Strano", ragionava Gemma, "come possa cavarsela a passare la giornata senza fare quasi niente. Io mi sentirei giù di corda. Ma la Martina no, è una donna semplice, di poche pretese, non si lascerebbe mai agguantare dalla malinconia, non si pone problemi, non si confronta, non ha ambizioni. Sta bene così, con quel poco che ha e quel niente che fa: munge ogni giorno, chiacchiera ed è amata."

«Curerai poi le mie capre», disse ancora, rivolta al bambino.

E intanto il suo piccolo gregge si era già mescolato agli altri animali.

❋ ❋ ❋

Da tempo Gemma si sentiva stanca. Indugiava più del solito accanto alla stufa con la corona del rosario fra le mani abbandonate in grembo, e pregava. Lo faceva in silenzio, di tanto in tanto socchiudeva appena le labbra. Abbandonata nella rilassante ripetizione delle preghiere, si addormentava.

Mario, però, frignava: si aggrappava ai lembi del grembiule della mamma, voleva attenzione.

Al rientro, dopo il lavoro, Carlo li trovò così: addossati alla stufa, il piccolo lagnoso seduto ai piedi di una Gemma pallida, con gli occhi melanconici. Notò appena il gesto furtivo della mano che affondava nella tasca a riporre la corona, ma finse di non aver visto.

«Ciao, sei già qua?» disse Gemma mentre incalzava un pezzo di legno nel fornello già colmo. Poi si mise a rimescolare la minestra che borbottava sulla stufa. Carlo la osservava con occhi neri dallo sguardo benevolo. Nella penombra i baffi erano una macchia scura che nascondeva le labbra; il naso, un po' appuntito, sembrava indicare una direzione. Indossava sempre il cappello che posò, come d'abitudine, su uno sgabello. Preso in braccio il bambino, andò di là, a farlo giocare un po'.

Una mattina di maggio, Mario fu svegliato che era ancora buio, rivestito e affidato alle cure della nonna. Intuì che qualcosa era venuto a turbare i ritmi quotidiani. Fra le braccia della nonna, chiuso nel locale più distante dalle camere, fra il profumo di mele e le bottiglie di gazzosa, percepì un urlo lontano, ovattato.

Quella sera la nonna gli disse che avrebbe dormito in un letto normale, come il suo. «Adesso sei grande, è vergogna dormire ancora in culla!»

Malgrado l'inquietudine, al ragazzino sembrava una bella cosa essere più grande, e anche dormire in un lettone dove avrebbe potuto starci anche la sua Marianna, la bambola di pezza lunga quasi quanto lui.

Prima di coricarlo la nonna lo prese in braccio, si avvicinò alla culla e gli disse: «È sua la culla adesso, della tua sorellina, perché è più piccola di te».

Il bambino si sporse per osservare, non aveva mai visto un neonato: la nuova presenza lo sorprese accendendo in lui un'emozione improvvisa. Fu una sensazione sconcertante e amara.

I mesi seguenti furono inquieti: Mario vedeva la sorellina attaccata al seno di sua madre e intuiva il piacere che ricavava da quel contatto intimo e a volte gli prendeva una gran voglia di picchiarla. Capitava che, lontano dagli sguardi di Gemma, la colpisse forte sul pancino provocando le urla della piccola. Per calmarlo Gemma gli ripeteva sovente che anche lui aveva succhiato il latte come la sorella, se era diventato grande e forte era proprio perché ne aveva bevuto tanto. Ma il piccolo non se lo ricordava, le si aggrappava addosso nel tentativo di impadronirsi del suo grembo. Gemma si rifiutava di accontentarlo e prese una drastica decisione: Mario non avrebbe più potuto assistere ai pasti della neonata.

Lasciato all'esterno della camera, il bambino si sentì abbandonato e solo, ora che quell'esserino venuto da chissà dove gli aveva rubato la mamma. Quando Gemma gli apparve nel vano luminoso della porta con in braccio la piccola beatamente addormentata, Mario diventò vittima di un impulso che chiedeva vendetta: pianti disperati, urla, morsi, pedate, graffi si abbatterono sulla povera Gemma che teneva la bambina in alto per evitare che il piccolo demonio si aggrappasse alle sue braccia per strappargliela. La terribile furia si esaurì presto, cedendo il passo a un pianto sommesso; si lasciò poi condurre dalla madre che sorresse la piccola con una mano mentre, con l'altra, racchiudeva dolcemente la sua, umida di lacrime e di moccio.

❋ ❋ ❋

Lucia aveva cominciato a mangiare con il cucchiaino la mela e la carota grattugiate e, seduta in braccio alla mamma, si lasciava imboccare dal fratellino. A volte risputava tutto con dei ridicoli gorgheggi, e questo piaceva a Mario, si divertiva. Gli piaceva anche tenerla in braccio; Gemma gliela lasciava qualche istante, per accontentarlo, perché lui potesse sentirsi utile, ma teneva le braccia protese, pronte ad accogliere la piccola nel caso in cui il bambino, in un ritorno di gelosia, la lasciasse cadere. Anche se l'affetto e la curiosità che ora provava verso la sorella la tenevano a bada, avrebbe potuto capitare che riaffiorasse in modo inaspettato.

La porta che dava sulla cucina era aperta, il sole di fine estate, ancora caldo, permetteva alla famiglia di economizzare la legna. Lucia succhiava una crosta di pane nero, secco, seduta fra cuscini sistemati sul terrazzo, proprio di fronte al vano della porta, così Gemma poteva tenerla d'occhio mentre sbrigava le faccende domestiche.

Mario si dilettava a passare dal terrazzo alla cucina senza sosta: provava grande soddisfazione nel riuscire a superare il gradino della soglia, per lui molto alto. Si allenò a lungo fintanto che riuscì a salire e scendere con scioltezza, mostrandosi a Lucia. Le lanciava lunghe occhiate e sembrava dirle: "Guarda come sono bravo, cosa ho saputo fare, mentre tu te ne stai lì a inzuppare il pane di saliva e non sei nemmeno capace di camminare".

Il su e giù durò finché le gambe cominciarono a tremare un po'; allora, fiero di sé, si sedette accanto a Lucia.

Sazio della nuova esilarante sensazione, si sentiva ben disposto nei confronti della sorella. Cercava di coinvolgerla nel gioco, le faceva ballare davanti agli occhi i pupazzetti di stracci, così come lo aveva visto fare dalla mamma, nel tentativo di strapparle un sorriso.

❋ ❋ ❋

Il venerdì era per Gemma giorno di bucato. Sperava sempre nel bel tempo, così da poter lavare i panni nel ruscello, su vicino al bosco. S'inginocchiava presso una lastra di pietra e bagnava, insaponava e strofinava la biancheria sulla superficie rugosa. D'estate le piaceva andare lì: nel verde dimenticava la fatica e le mani, instancabili, dentro e fuori dall'acqua, le portavano frescura nelle giornate afose. Anche in inverno ci andava volentieri; quel lento ruscello, una capricciosa diramazione del torrente che scendeva dai picchi d'alta quota, era una grazia di Dio: nel suo girovagare sul piano accumulava un poco di calore, un dono per Gemma.

Se faceva brutto, per non rinunciare al bucato era costretta a scendere fino al lavatoio. Lì poteva lavorare comoda, al riparo dalla pioggia o dalla neve.

L'acqua gelida del torrente riempiva la grande vasca in pietra; il sangue pulsava forte e le procurava dolorose fitte alle mani. Doveva abituarsi piano alla temperatura. Metteva le mani in acqua, le toglieva, le rituffava alla ricerca di un adattamento, poi il dolore passava.

Sapeva che, a lavoro ultimato, dopo essere rientrata in casa, il sangue si sarebbe spinto violento e caldo nelle dita, fin sotto le unghie, portando nuovo dolore. "Il mio corpo", pensava mentre insaponava, "non ama i cambiamenti." Proprio come lei, che piuttosto di spostare il giorno di bucato, affrontava il disagio.

E non solo per il freddo, ma anche perché, al lavatoio, doveva condividere tempo e spazio.

Le capitava d'incontrare donne sudice che, arrivate al lavatoio dopo di lei, sciacquavano i panni a monte, sciogliendo senza ritegno la loro sporcizia nell'acqua comune. "Forse per disattenzione", pensava, "o di proposito, per mettere zizzania." Gemma tratteneva persino il fiato a tali pensieri, ma muoveva le mani sempre più in fretta. Quando infine un respiro s'imponeva lento, profondo, il malanimo accumulato si dissolveva.

A volte si dispiaceva per quei pensieri, c'erano anche brave donne; ma la verità era che a Gemma piaceva lavorare in solitudine, lontano dagli occhi curiosi degli estranei e non amava spettegolare. Era una fortuna che, spesso, al lavatoio era sola: nei giorni di pioggia molte rinunciavano al bucato.

Anche per i bambini il venerdì era un giorno speciale; se faceva molto caldo Gemma li prendeva con sé. Lucia camminava nell'erba accanto alla madre mentre Mario esplorava il mondo spingendosi più lontano. Correva nel prato, raccoglieva sassi, osservava gli insetti.

Toglieva scarpe e calze e, seduto sull'argine del ruscello, agitava l'acqua con i piedi, rideva se alcune gocce gli colpivano il viso.

«Perché l'acqua è fredda?» chiese all'improvviso.

Gemma, protesa in avanti mentre sciacquava la camicia di suo marito, rispose che lo era perché scendeva dalle montagne. Ma il figlioletto pose subito un'altra domanda: «E perché scende dalle montagne?».

«Perché in cima c'è tanta neve», precisò la mamma.

«Perché c'è tanta neve?»

Non esisteva argomento che lo convincesse pienamente, trasformava ogni risposta in altre domande formando una catena infinita, in un gioco sfibrante. Infastidita, Gemma lo zittiva. Formulare risposte soddisfacenti e adatte a un bambino le costava fatica.

Il piccolo osservava e rifletteva, non poteva arrestare la voglia di conoscere e di capire il perché delle cose.

Ed ecco che una sera, mentre sua madre lo stava mettendo a letto, liberò la curiosità che lo punzecchiava fin da quando era nata la sorellina: «Come ha fatto a nascere Lucia?».

Gemma non avrebbe voluto rispondere, era stanca e poi un argomento così scabroso, così fortemente vincolato alla sfera segreta delle donne; non ne parlava nemmeno con Carlo, figuriamoci con un bimbo, e per di più maschio. Ma il bambino non demordeva, allora la donna disse, rimboccandogli le coperte: «È nata, è nata e basta. Dormi adesso, non pensare a quelle cose lì».

«Dov'era prima?»

Gemma si rese conto di non avere più scampo. «È stata la cicogna a portarla! Prima ha portato te e poi lei.»

Questa volta Mario tacque, non perché si sentisse soddisfatto della risposta, ma perché una moltitudine di altre curiosità gli avevano invaso la mente, confondendolo.

Prese sonno così, chiedendosi cos'era la cicogna e dove andava a prendere i bambini, e chi glielo diceva di portarli in giro, e proprio alla sua mamma.

Un'idea ce l'aveva, della cicogna: aveva fatto un sacco di domande a sua madre sul misterioso uccello; ma lei, dopo avergli farfugliato in modo piuttosto sommario fattezze e abitudini del trampoliere, aveva dichiarato l'argomento esaurito ignorando qualsiasi altra curiosità del figlio.

Il piccolo però avrebbe voluto sapere, più d'ogni altra cosa, dove andava la cicogna a prendere i bambini. La mamma ormai non gli rispondeva più, forse avrebbe potuto tentare col padre, ma Mario non osava. Si sentiva impacciato, imbrigliato dall'imbarazzo; lo vedeva così poco, solo durante i pasti, dove mangiava in silenzio e lasciava che fosse Gemma a parlare e organizzare le cose di casa.

Così lui non chiedeva più, ma scrutava il cielo alla ricerca di un uccello con le zampe lunghe penzolanti nel vuoto e un bambino nudo serrato nel becco smisurato.

Un'intera estate con il viso all'insù e nemmeno un avvistamento. Solo una volta notò un grosso uccello girare in tondo, alto, rasente ai picchi di roccia: gli parve che avesse nel becco qualcosa. Ma ben presto planò verso sud, forse per portare il bambino a una mamma lontana.

❋ ❋ ❋

Col finire dell'estate le interminabili ore passate all'aperto si esaurirono e parte delle attività giornaliere iniziarono a consumarsi attorno al camino. Non più il sole, ma il fuoco era il caldo compagno, e Gemma lo accudiva con sapienza. Lei sopportava a lungo l'oscurità della casa, riservando la luce per dopo, quando sarebbe arrivato Carlo per la cena. Il fuoco del camino rischiarava appena ma abbastanza da permetterle di cucinare; su una coperta di lana stesa per terra Mario giocava con pezzi di legno e Lucia, curiosa, lo guardava.

La donna teneva d'occhio il minestrone che sobbolliva in una pentola annerita dal fumo, poi si sedeva accanto alla stufa, estraeva dalla tasca la corona del rosario e pregava. I bambini ogni sera aspettavano quel momento e rimanevano in silenzio, si lasciavano avvolgere dal suono sibilante, ma ovattato, che le labbra della madre liberavano mentre recitava le orazioni in latino. Era un momento d'intimità, di tacita condivisione del piacere di essere assieme, in cui l'amore si faceva sentire forte nella silenziosa penombra.

Mario guardava la madre concentrata nella sua cantilenante preghiera e sentiva appena, in sottofondo, il ribollire del minestrone. Inaspettatamente qualcosa, nell'espressione della donna, lo turbò: sembrava un ricordo lontano, una sensazione dolorosa, antica. Era come un'onda cattiva che andava e veniva, e non si fermava mai abbastanza per farsi conoscere.

Lentamente il bollore nella pentola cessò. Quel minimo cambiamento, un'assenza, riscosse Gemma. La donna estrasse un fazzoletto dalla tasca e si asciugò una goccia che colava dal naso, poi lo ripose assieme alla corona del rosario. Il fuoco della stufa si era quasi esaurito; con gli occhi del figlio sfacciatamente puntati sul suo viso prese un legno e aprì il portellino con uno straccio. Mentre riattizzava il fuoco, la luce emanata dalle ceneri incandescenti la colpì in piena faccia. L'improvviso chiarore evidenziò un'espressione sofferta e, dietro il riverbero arancio, Mario intuì il pallore e, forse, notò la luminosità liquida dello sguardo già conosciuto prima della nascita della sorella. Niente di così limpido da riuscire a trasformarsi in pensiero, ma sensazioni che aveva già provato prima che Lucia venisse al mondo e che lo irritarono mutandosi in emozioni violente in grado di mortificarlo.

Gemma non poteva supporre di poter essere artefice della rinascita simultanea di due fuochi. Eppure, nell'attimo in cui la fiamma dentro il fornello si riaccese con un soffio deciso, qualcosa dentro il petto di suo figlio avvampò con la stessa veemenza: impugnato uno dei legni abbandonati sulla coperta, il bambino lo lanciò verso di lei.

Gemma, presa alla sprovvista e spaventata, lo sgridò in modo risoluto, quasi violento.

Rientrato dal lavoro, Carlo si accorse dei loro visi tesi, ma non chiese spiegazioni.

Nei mesi seguenti nulla di tanto sconvolgente accadde più. Dopo lo sfogo, il ragazzino sembrò più tranquillo, anche se l'ossessione per la cicogna tornò a tormentarlo.

Gemma, con gli occhi languidi e la pancia sempre più grossa, lo guardava scarabocchiare in continuazione uccelli fantastici in volo e bambini racchiusi nei becchi smisurati o sospesi nell'aria a testa in giù.

«Guarda», spiegò il piccolo alla sorellina, «gli è scappato il bambino. Guarda, guarda come cade. Va giù, giù... Pànfeta!»

Gemma rabbrividì un po', ma pensò che dopo tutto era meglio così: i bambini disegnati non soffrono, non fanno soffrire e non muoiono mai.

* * *

Le gravidanze schiudevano un mondo amplificato in cui Gemma si sentiva più istintiva, quasi selvaggia. Avvertiva una corrente di profumi accarezzarle il corpo, stuzzicarle le narici con stimoli forti, sempre diversi, invisibili. Lei alzava il viso per captarla, inspirava a più riprese, a piccoli scatti, per capire, interpretare, proprio come fanno i cani o i gatti. Fiutava l'aria, la sua umidità, e sentiva l'odore della pioggia che sarebbe arrivata.

Non poteva lavorare pesante e si sentiva menomata, in balia di un'inerzia che le spalancava le porte della mente. Si preoccupava per i figli, per Mario soprattutto e di come avrebbe preso quest'altra nascita, questo nuovo bambino; si sarebbe sentito di nuovo derubato di una fetta di attenzione e amore.

In altri momenti avrebbe pensato: "Qualche santo provvederà, e poi contro il volere di Dio non si può fare niente". E sarebbe andata nell'orto a strappare erba, a togliere gramigna dal cuore.

Ora poteva solo chinarsi in qualche angolo dimenticato del giardino per vomitare. Rigurgitava tutto quel troppo, si svuotava, faceva posto; poi, a poco a poco, ricominciava a riempirsi: di odori, di emozioni, di preoccupazioni, di soluzioni, di bambino.

Quando Angela nacque, Lucia dovette abbandonare la culla per farle posto. Gemma si incupì nel ripensare a quando era toccato a Mario, a come era divenuto triste e capriccioso per la gelosia, e temeva che tutto si sarebbe potuto ripetere. Ma la sera, sotto il suo sguardo incredulo, la piccola prese sottobraccio le bamboline di pezza e, col passo fiero di un soldatino, si infilò nel letto assieme al fratello.

Era così profondo il sollievo provato che, ancora debole e scombussolata dal parto, la donna scoppiò in singhiozzi.

I bambini la guardarono incuriositi, non l'avevano mai vista piangere. Lei avrebbe voluto troncare lo scorrere di quelle lacrime così abbondanti, e soffocare i singulti che le ruzzolavano fuori dalla gola. Si allontanò svelta dai bambini, raggiunse la cucina scendendo per istinto i gradini che vedeva deformati attraverso le lacrime, uscì e si lavò la faccia sotto il getto d'acqua fredda della fontana.

C'era una stanza, di fronte a quella in cui dormivano fratello e sorella, disabitata. Il letto sempre in ordine aspettava le rare visite della nonna, ma altrimenti non ci entrava mai nessuno. Tranne lui, Mario.

«Sei diventata più conciliante ultimamente», le aveva detto Carlo in proposito.

«Sì, da quando mi hai raccontato di quei militari che si sono ammalati di spagnola proprio qui, vicino a noi, mi sento inquieta per la salute della famiglia, soprattutto per i nostri figli e così...»

«Così permetti loro qualcosa in più, vero?»

«Li voglio controllare meglio; insomma, Mario è sempre là fuori, a giocare da solo sotto il castagno. Potrebbe passare chiunque, toccarlo...»

«Capisco, ma cerca di stare tranquilla.»

A Mario piaceva in modo particolare quel locale. Da quando Gemma gliel'aveva permesso, il bambino ci andava per giocare con i suoi sassolini di quarzo. Li sparpagliava sul pavimento e la luce, penetrando dalla finestra rivolta a sud, li illuminava facendoli riluccicare come stelle.

A volte Mario fingeva che i sassi fossero capre e allora le metteva in fila indirizzandole con un bacchetto verso il pascolo, così come l'aveva visto fare da Martina.

Vicino a sé, il bambino teneva una pietra piuttosto grossa, bellissima. Se attraversata da un raggio di sole, spandeva tutto attorno un arcobaleno di colori. Si trattava di un cristallo di quarzo trasparente come vetro; per Mario, un oggetto magico: ecco perché si poteva trasformare nell'automobile che suo padre, a volte, era tenuto a guidare. L'aveva vista una sola volta, ma l'immagine del padre vestito a festa, con un cappello elegante, al volante di una macchina colorata e lustra, gli era rimasta stampata nella mente.

Teneva il suo gioiello sempre vicino: davanti al piatto mentre mangiava, nel letto, nella tasca dei pantaloni. Spesso lo si vedeva fare "brum brum" sputacchiando nell'aria goccioline di saliva; le labbra vibravano veloci come ali di libellula e le braccia mulinavano imprimendo al cristallo curve da capogiro. Mario dimenticava sé stesso per diventare suo padre e, nel contempo, l'automobile da lui guidata.

Peccato che Carlo non avesse avuto il tempo di assistere a quei giochi per poter vedere quanto suo figlio fosse orgoglioso di lui, l'autista della macchina splendente. Peccato non poter vibrare con lui godendo per un sogno che, ogni sera, veniva riposto sotto il cuscino.

Di quel grosso sogno duro, e anche un po' tagliente, che di notte andava girovagando sotto le lenzuola, Lucia ne aveva abbastanza. Lei voleva tenersi le tre bambole di pezza: una aveva la pelle bianca, l'altra era una moretta e la terza una pellerossa. Mario si lamentava, diceva che erano troppe, gli rubavano il posto nel letto, ma la bambina ribatteva che erano inseparabili.

Gemma, che da parecchi giorni sopportava quei battibecchi, colse l'occasione e propose al figlio di trasferirsi nella sua amata camera, quella in cui giocava, e ad Angela, che ormai aveva due anni, di prendere il suo posto accanto a Lucia.

* * *

Pur essendo un bambino piuttosto solitario e riflessivo, Mario faticava ad abituarsi alla nuova sistemazione; una cosa è appartarsi per giocare di giorno, altra cosa dormire solo, la notte. Ogni scusa era buona per entrare in punta di piedi dalle sorelle, per spaventarle, o per difenderle dai fantasmi che ululavano fuori, nella notte.

Poi, una singolare invasione di strani esseri rese le scorribande notturne necessarie.

Lucia e Angela, quella notte, disturbate da un forte prurito, si erano svegliate. Si grattavano con accanimento finché, un po' spaventate, accesero la luce. La pelle delle gambe e delle braccia aveva graffi ovunque ed era bitorzoluta come quella delle oche spiumate.

«Mammaaaa!»

Gemma, che era ancora di sotto a rammendare le calze, corse su e trovò le bambine in lacrime. Si stavano ancora grattando. La donna capì subito di cosa si trattasse. Guardò in alto: «Sono già scappate!» e un brivido di ribrezzo le percorse la schiena. Conosceva il nemico e, anche se la luce della lampada l'aveva costretto a fuggire, sapeva che sarebbe tornato. Ma ora doveva ripulire le bambine, e tranquillizzarle. «Lascio acceso, adesso dormite.»

Gemma ritornò di sotto.

«Sono tornate le cimici!» disse al marito. «Bisognerà organizzare la disinfestazione a cominciare dal solaio.»

«Brutte bestiacce! È una bella barba e soldi che se ne vanno!»

«Soldi, sì; ma anche tanto lavoro: dovremo scucire i materassi, togliere la lana, stenderla al sole e cardarla, forse anche sostituirne un po'.

«Per qualche notte i bambini dormiranno in *stüa.*[2]»

«L'ultima volta che abbiamo avuto le cimici è stato più facile», disse Carlo. «C'era solo Mario.»

Si erano insediate nel solaio, fra gli interstizi delle assi, nei mobili vecchi, sotto riviste impolverate. Qualcuna persino dentro i materassi. La notte, attratte dal tepore rilasciato dai corpi, scendevano giù nelle camere, a frotte. Un esercito di piccoli scudi appiattiti, mossi da un numero esagerato di zampe.

I bambini ci inventarono attorno un gioco; ma più bello degli altri, perché vero.

L'idea di giocare alla caccia era venuta a Mario e le sorelline avevano aderito senza esitazione; assieme stabilirono le regole.

La sera se ne andavano a letto docili docili.

«Avete fatto la pipì?» s'informava Gemma.

---

2 "Salotto" dove tenevano accesa la pigna (stufa).

«Sì, prima», diceva Lucia soffocando un sorriso.

«Non mi scappa», aggiungeva Angela.

«Allora sotto. Lascio accesa la luce, buonanotte.»

«Notte!»

Le orecchie tese, le sorelline attendevano che la madre avesse sceso le scale, poi si buttavano fuori dal letto. Con la pancia che scoppiava si accovacciavano ognuna sul proprio vaso da notte e si svuotavano; poi spegnevano la luce e aspettavano.

Stavano lì in silenzio immaginando la calata delle cimici; credevano persino di sentirle zampettare mentre, piccoli vampiri affamati, si affrettavano per togliersi la voglia, succhiando il loro sangue.

Attendevano il fratello. Era lui il capo, quello che dava il via al gioco.

Finalmente la maniglia si abbassava piano piano e Mario, col suo orinale sottobraccio, richiudeva la porta dietro di sé. Si cominciava.

«Siete pronte?»

«Sì, aspetta che prendiamo il vaso da notte! *Bon,* siamo pronte.»

Il maschietto girava l'interruttore e faceva luce. Le pareti, scurite dall'inquietante presenza, sembravano oscillare verso il basso, come percorse da onde dirette al pavimento attirate dalla forza di gravità. Ma per poco. Di colpo il movimento si fermava, solo un attimo, poi riprendeva in senso inverso.

«Adesso!» sussurrava con veemenza Mario.

I tre fratelli, muniti di orinale, saltavano in piedi sul letto, appoggiavano la singolare arma alla parete e, con un dito, ci facevano cascar dentro il maggior numero di cimici possibile. Cadevano nell'orina con un plif. A dispetto di tutte quelle zampe, non era difficile staccarle dal muro, dovevano però lavorare alla svelta. Gli insetti, dopo un disorientamento iniziale dovuto alla luce improvvisa e alla frustrazione per il pasto mancato, scappavano veloci. Era come una tenda che si alzava sparendo lassù, oltre il soffitto.

«Non ci arrivo più!» annunciava la più giovane che, così dicendo, dichiarava chiusa la caccia.

Erano le regole, tuttavia Mario aggiungeva lo stesso con disappunto: «Porca miseria se sei piccola!».

Non restava che contare le prede, ma di contare, più di tanto, nessuno era capace. Allora mettevano in fila gli orinali e stimavano. I due più grandi iniziavano così un battibecco: ognuno pretendeva di aver vinto.

«Ssst, zitti. Arriva la mamma!» diceva Angela che, avendo con evidenza perso la sfida, era poco interessata ai risultati della gara.

Finalmente, dopo aver proclamato un vincitore, versavano tutto nell'orinale di Mario che, mentre ritornava nella sua camera, passava a vuotarlo nel gabinetto.

* * *

«Tu che sei grande, Mario, porta su nel prato le tue sorelline, e curale, falle giocare un po'.»

Nella voce della nonna, che era arrivata da qualche giorno in visita, il ragazzo aveva notato una diversa inflessione. Solitamente gli si rivolgeva con tono deciso, quasi autoritario, un po' come faceva la madre, mentre ora la sentiva supplichevole, come se volesse imbonirlo.

Il ragazzino s'incamminò sospettoso, rimuginando quel "tu che sei grande". Stringeva la mano di Angela che trascinava malamente poiché non riusciva a stare al passo. Lucia li seguiva ma voleva difendere la propria autonomia rifiutandosi di farsi condurre dal fratello maggiore.

"Certo che sono grande!" pensò. Più volte aveva tentato di rivendicare la sua posizione nei confronti delle sorelle ottenendo spesso l'opposto di ciò che avrebbe desiderato: pochi diritti e molti doveri. Era nato per primo, ed era maschio; per questo gli toccavano già lavori pesanti come accatastare la legna, trasportarla, raccogliere le patate. Avrebbe voluto ben altro in nome di quel "tu che sei grande"; una bicicletta, per esempio, per poter scorrazzare libero lungo le viuzze del paese, o spingersi più lontano, oltre il ponte, e sfilare davanti agli occhi invidiosi degli altri ragazzi.

«E stai su fino che ti chiamo! Capito?» gli ordinò la nonna abbandonando il tono sussiegoso usato fino a poco prima.

Sì, Mario aveva capito, ma non si girò nemmeno per risponderle.

A sette anni era un ragazzo che spesso rifiutava i comandi della madre, s'impuntava nel voler fare di testa sua e detestava occuparsi delle sorelle, tranne quando era lui a deciderlo.

Seduto sul prato in quel freddo pomeriggio invernale reso accettabile solamente da coraggiosi raggi di sole che venivano da molto lontano, credeva di sapere perché era stato mandato lassù con le sorelle: più tardi, richiamato in casa con le bambine, avrebbe trovato la nonna intenta a cullare un neonato. Di sicuro gliel'avrebbe posato tra le braccia.

«Tienilo te che sei forte», gli avrebbe ripetuto la donna.

In effetti, rientrati, la videro reggere un fagottino di stracci dal quale si disperdeva una vocina quasi di gatto, lamentosa, strascicata. Lei si chinò per mostrare il neonato ai nipoti e intanto li guardava negli occhi. Quelli di Angela emanavano una gioia schietta e benevola. Imbarazzato, il ragazzo osservò la nonna mentre porgeva il neonato proprio a lei, la più piccola. Si sentì offeso per la poca considerazione riservatagli, ma anche sollevato per non essere stato obbligato a reggere quel fagotto caldo.

«Si chiama Sandro», sussurrò la nonna.

* * *

Il freddo pungente invitava a rimanersene chiusi in casa.

La nascita di Sandro era alle spalle; a Mario sembrava non importasse molto del fratello, con il quale non condivideva né spazi né tempo.

Nonostante il camino e la pigna fossero accesi, la cucina e la sala faticavano a riscaldarsi. Le bambine se ne stavano a giocare sotto una pesante coperta che Gemma aveva scovato in fondo a un baule, e Mario faceva i compiti avvolto da una trapunta. Terminato il suo dovere, il ragazzo, allampanato e scontroso, prese a gironzolare per casa. Nel vederlo così agghindato, buffo come uno spaventapasseri, le sorelline si sbellicavano dalle risa e gli rivolgevano gridolini e sberleffi. Gemma, che si aspettava una brusca reazione del figlio, non perse tempo a lanciargli un'occhiataccia che diceva più di tante parole.

Quella volta però, il muto rimprovero di Gemma cadde nel vuoto: il figlio, prendendo in contropiede sua madre, alla reazione delle sorelle rispose con un sorriso. Una scintilla gli accese di vita il verde degli occhi.

Camuffato dietro la pesante coperta, si mise a danzare; era goffo, ma provava una profonda soddisfazione nell'attirare l'attenzione. Con passo lungo, sulla punta dei piedi, sfilava avanti e indietro, sorrideva, girava su sé stesso e si sentiva leggero, e girava, girava ancora. Anche Gemma si soffermò a guardarlo ed egli sentì il suo sguardo sondargli l'anima; d'istinto, come a proteggersi, le voltò le spalle e si bloccò per qualche istante. Dopo di che si rianimò, ma fu un gioco diverso. Correva come un toro imbizzarrito, le dita che spuntavano tra i capelli a fungere da corna; poi spiccava il volo dal tavolino sbattendo le pesanti ali imbottite di lana di pecora; quindi, fingeva di rapire le bimbe con i lunghi artigli adunchi che le dita rattrappite sapevano imitare; raggomitolato in terra si trasformava in chiocciola gigante, dal guscio un po' molle e dalle lunghe corna mobili. Strisciava piano sul pavimento, avanzava inesorabile salendo fino ai piedi delle sorelle nascosti dalla coperta e poi risaliva lento, lungo le gambette calde e nude, fra le risa e gli urli di disgusto poiché alle bambine pareva proprio di sentire la fredda bava delle lumache.

Gemma, invece, era rimasta di gesso: diversamente dal solito, Mario non aveva raccolto il suo tacito rimprovero. La donna fu presa dalla frustrazione. La gioia espressa da Lucia e da Angela la intenerivano un po'. In ogni caso, la messinscena creata dal ragazzo, il suo modo di atteggiarsi, di trasformarsi, la scioltezza nel movimento mai notata prima, l'avevano sbigottita. E quelle lunghe braccia infilate sotto la coperta a frugare e solleticare le sorelle le facevano affiorare paure inconfessabili; per questo ne ricacciò il pensiero giù, in una zona d'ombra, deglutendo, insieme a quell'improvvisa sensazione, la poca saliva che le era rimasta in bocca.

Una voce dentro di lei le suggeriva che il ragazzo era stato protagonista di uno slancio di gioia. Gemma aveva sempre vissuto in modo ritenuto, controllato, era dunque difficile per lei accettare un mutamento simile, una spontaneità civettuola e insieme impetuosa. Nonostante il cozzare dei pensieri, intuiva che avrebbe dovuto abituarsi "al Mario sotto la coperta" come l'avrebbe chiamato da quel momento in poi riferendosi a quel tratto di personalità emerso in quel freddo giorno d'inverno. Capiva che il ragazzo non avrebbe permesso che quella fetta di stravaganza si assopisse, l'avrebbe tenuta viva anche se lei lo riteneva sconveniente. Con lo sguardo fisso sul figlio, tentava di valutare le preoccupazioni che le scorrevano confuse nella mente, ma si accorse di essere troppo turbata; i suoi sentimenti vagavano alla ricerca di una definizione.

Armeggiando attorno alla stufa cercava di calmarsi. Sentiva ancora le bambine ridere di là nella saletta, non poteva fare a meno di tendere le orecchie, tuttavia non si voltò. Ammucchiò tutti i cerchi di ghisa sul piano della stufa e, con l'attizzatoio, diede aria al fuoco rimescolando i tizzoni. Aggiunse carta, pigne secche, rami sottili. Voleva creare una fiamma alta, sentirla scottare e scoppiettare, vederla lambire i tubi anneriti che percorrevano il soffitto, aveva voglia di veder bruciare. Il fuoco l'accontentò: spinse la lingua verso il soffitto, la ritirò e la allungò ancora, ripetutamente. Gemma si asciugava la fronte con il lembo del grembiule e, nonostante il viso fosse ancora adombrato, si coglieva nello sguardo la rassegnazione.

Poté finalmente girarsi di nuovo a sbirciare dentro la sala. Il gioco era finito: la trapunta era abbandonata sul pavimento e i tre ragazzi stavano disegnando su una grande carta da pacco. Gemma percepiva la loro serenità. Era rilassata e già si vergognava un po' per essere stata vittima di un tale turbamento interiore; ora lo valutava inadeguato. Sorrise: tuttavia era intenzionata a parlarne a Carlo.

Quella sera lui sarebbe rientrato tardi. Dopo aver viaggiato con l'autocarro per un intero giorno a trasportare sacchi di cemento, si era messo al volante dell'elegante automobile, l'unica della zona.

Il secondo lavoro richiedeva sacrificio, significava essere sempre a disposizione del padrone, accettare di tornare a casa a sera inoltrata e non vedere i figli per diversi giorni.

Trovò la moglie ad aspettarlo accanto al fuoco. C'era buona armonia tra loro e, anche se apparentemente era la donna a occuparsi dei figli, le decisioni più importanti venivano prese assieme. L'uomo ascoltò con attenzione il racconto di Gemma. Lei non si dilungò, espose i fatti in poche parole, senza fronzoli, e solo dopo aver concluso alzò lo sguardo sul viso del marito che, negli occhi della compagna, intuì domande e dubbi inespressi.

Ma Carlo rispose con semplicità: «Gemma, devi essere contenta se si diverte, non farti pensieri inutili, è meglio per tutti, dammi retta».

"Forse sì, forse ha ragione lui", pensò la donna. "In fondo il teatro, il travestimento esistono da sempre. Persino la parrocchia organizza le recite sotto Natale. Non che sia un'entusiasta di queste cose ma tante parrocchiane, buone donne, ne vanno matte".

Eppure... Eppure qualcosa la turbava, come un dolore residuo che la positività di Carlo non era riuscita a scacciare.

* * *

Mentre percorreva la strada dissestata alla guida dell'autocarro, Carlo pensava volentieri alla sua famiglia. Una combriccola di figli che con gli anni era via via diventata sempre più numerosa e che la prossima estate, se tutto andava bene, avrebbe portato ancora un neonato, il quinto, mentre i due maggiori si stavano affacciando al mondo del lavoro.

"Mario ha ormai quindici anni", pensò con orgoglio. "È apprendista falegname e presto potrà contribuire al mantenimento della famiglia". Poi, riflettendo sull'età del figlio: "Domani, per la prima volta, potrà partecipare alla *mazza*[3] del maiale".

Gemma aveva sempre evitato ai figli, almeno fino a una certa età, l'esperienza legata all'uccisione del maiale: l'istinto materno le

3 Macellazione.

suggeriva di non rischiare. A Carlo sembrava un'esagerazione, ma lei diceva: «Caro mio, se prendono paura e non vogliono più saperne stiamo freschi, qualcuno prima o poi dovrà pur rimpiazzarti!» si giustificava, dando di schiena al marito. Sapeva bene che le sue erano scuse e temeva che lui potesse leggerglielo negli occhi. In verità, nonostante la convinzione che la vita andava affrontata così com'era, l'uccisione del maiale, anche se necessaria, le sembrava un atto brutale; il solo pensiero le creava una forte ansia e il bisogno di proteggere i figli da quei terribili grugniti di morte.

Usciti di casa gli uomini, la donna radunava i ragazzi obbligandoli a salire in soffitta. Lì avrebbero dovuto aspettare alla luce di una lampadina offuscata da uno spesso strato di polvere vecchia: il più piccolo, rannicchiato accanto alla finestrella, e le grandi, che avevano ripetuto per anni quello che era ormai diventato un rito, a sbuffare e a recriminare contro la scelta dalla madre che a loro dire era troppo severa. Gemma era irremovibile.

Carlo e suo fratello, che da sempre lo aiutava, consumarono in silenzio la colazione. Era una domenica di primo mattino; gli uomini erano già stati alla cascina per mettere sul fuoco la caldaia, che l'alba era ancora lontana.

Un rumoreggiare di sedie trascinate annunciò la fine del pasto, stavano per ripartire.

Gemma raggruppò i figli. Anche se era ancora buio, gironzolavano già per casa, svegliati dal trambusto e dall'eccitazione per una giornata che si annunciava insolita.

«Forza, mettete le giacche, tra un po' andrete in solaio. Voi due aiutate il più piccolo e tu Mario... Andrai con loro!» gli ordinò, indicando i due uomini con un cenno della testa.

Lucia e Angela furono colte di sorpresa. Anche Mario si meravigliò, ma ubbidì senza fiatare. Preso così alla sprovvista, provava una forte emozione e cercava di controllare, inutilmente, il timore di non essere all'altezza; non si era preparato e nessuno gli aveva spiegato cosa si sarebbero aspettati da lui.

In silenzio, a grandi passi seguì il padre e lo zio, calcando le orme che lasciavano nella neve.

Nel frattempo, in soffitta, Lucia dominava a stento il disappunto. Da tempo avrebbe voluto partecipare al rito della *mazza*; anche se non aveva ancora quattordici anni si sentiva pronta e matura più del fratello. La ragazza aveva sviluppato molto presto il senso pratico, per lei uccidere l'animale era cosa che andava fatta, e il suo desiderio di aiutare gli adulti non aveva niente a che fare con la curiosità o con la competizione, e nemmeno desiderava mettersi alla prova. Lucia voleva fare cose da grandi, contribuendo alle fatiche famigliari.

Nell'angolo più buio del solaio, seduta su una pila di giornali, la ragazza si confidò con la sorella, accucciata di fronte a lei.

Il fratellino non si accorse della sintonia che c'era tra loro e, complici la penombra e la spensieratezza, non notò quanto l'espressione di Angela fosse mutata: gli occhi erano dilatati e i muscoli del viso avevano modellato un'innaturale fissità.

Dentro di lei, invece, era tutto un subbuglio. Le parole della sorella maggiore, come per magia, avevano sollecitato la schiusa di pensieri e desideri ancora un po' acerbi. Di botto, la dodicenne si rese conto che anche lei desiderava ribellarsi ai ritiri in solaio; tanto, ora lo poteva ammettere, erano un paio d'anni almeno che tendeva l'orecchio per captare gli acuti di paura lanciati dal maiale. A differenza di Lucia si sentiva competitiva: non desiderava assolutamente essere maschio, bensì voleva imporsi come ragazza, voleva sfidare, dimostrare di essere all'altezza. La decisione era presa; avrebbe partecipato al prossimo lavoro sporco anche contro il volere della madre.

La mattina era di metà gennaio, bella e fredda. Le corte giornate d'inverno coloravano di un giallo arancio il cielo che attendeva a lungo il sorgere del sole. In quel giorno speciale Gemma preparò un tè caldo: per gli uomini ma anche per i figli che aspettavano in solaio; aggiunse del miele, sperando forse di addolcire un poco Lucia nei cui occhi aveva visto un lampo di stizza.

Mario, suo padre e lo zio avevano raggiunto il porcile. L'animale li sentì arrivare, sbavava e grugniva di piacere mentre, col poderoso fianco, infliggeva forti colpi alla porta di legno. Era davvero impaziente da quando il pastone veniva arricchito con dolci castagne croccanti. Nell'udirlo, il ragazzo provò una leggera fitta di dolore: ma sentirsi in colpa nei confronti di un animale – anche se, con gesto quasi affettuoso, era solito sfregare il muso umido contro la sua mano – non era sentimento da considerare. Cercava le giustificazioni al sacrificio che si accingevano a compiere, e fra queste la più importante aveva a che fare con la sopravvivenza della famiglia.

«Cosa fai lì impalato!» si stizzì lo zio vedendo che il nipote non muoveva un dito. «Aiutaci a legarlo!»

In effetti la grossa bestia, constatato che nessuno gli avrebbe somministrato la succulenta razione giornaliera, intuì che qualcosa non andava. La paura invase l'animale obbligandolo a correre in tondo nello spazio ridotto del porcile e a grugnire sempre più forte quando gli uomini srotolarono le corde.

«*Damm i lascètt!*»

Il primo laccio andava serrato attorno al muso per rendere inoffensivi i lunghi canini, gli altri dovevano limitare l'uso delle zampe. Il lavoro era difficile e rischioso, il panico rendeva l'animale pericoloso. Ma giocavano ad armi impari e gli uomini, forti e in soprannumero, ebbero la meglio.

Il cielo mostrò sfumature e contrasti di luce mutevoli, l'ombra si ritirava lenta, attraversando il fondovalle sembrava rincorsa dalla macchia di sole che avanzava con uguale velocità sul versante occidentale dei monti. L'aria fredda, stuzzicata dal gioco di luce, si lasciò attrarre dal tepore che il sole portava con sé, avanzò sollecita e oltrepassò, accarezzandolo, un gruppetto di uomini che camminava nella neve. Rabbrividirono. Vedendoli così, mentre avanzavano facendo scricchiolare la neve ghiacciata, un po' curvi, taciturni, a trascinare un maiale che tirava dalla parte opposta, veniva da pensare che parte del freddo salisse dall'anima. Si fermarono, bevvero a turni qualche sorso di tè, s'incoraggiarono: «Forza, non andiamo lontano, ci siamo quasi».

Prima di avviarsi, Carlo si girò a cercare gli occhi del maiale. Li trovò all'ombra delle grandi orecchie pendenti: brutti, di un azzurro inconsistente, piccoli tanto da farlo sembrare miope ma, ciononostante, i loro sguardi s'incrociarono. Solo per un attimo l'uomo si sentì investito dall'intensa paura emanata dalle pupille quasi invisibili dell'animale.

"Lo sa", pensò Carlo. "Il maiale sa esattamente cosa gli faremo. Com'è possibile?"

Il gruppetto, a fatica, si rimise in moto. Carlo per la prima volta si sentì insicuro, diverso e, soprattutto, percepiva l'animale in modo totalmente nuovo. Capì di averne sempre sottovalutato la perspicacia; non solo, credeva di aver visto una scintilla di... «Consapevolezza?» sussurrò tra sé sentendosi quasi blasfemo. «Istintiva, atavica, impressa nel corpo fin da quando, selvatico, già serviva da pasto ai primi cacciatori.»

Al cascinale dove si sarebbe compiuta la *mazza*, gli attrezzi erano già pronti e l'acqua era calda al punto giusto.

Gli uomini legarono il maiale al palo, giusto il tempo per vestire i grossi grembiuli da lavoro.

Mario era impaziente di iniziare. «Muoviamoci!»

Detto fatto: vide suo padre e lo zio agire con prontezza. Carlo afferrò un arnese di ferro con una strana forma a T e lo zio brandì la *mazzòra*. Le loro azioni, svolte senza che si fosse pronunciata una sola parola, erano il frutto di anni di esperienza.

Il ragazzo li seguì con attenzione e cercò di prevedere le loro mosse.

Mentre ancora stava riflettendo sulla funzione di quello strumento a forma di T facendo contemporaneamente del suo meglio per immobilizzare l'animale che strideva, vide suo padre appoggiare il ferro sulla fronte del maiale e lo zio assestare un tremendo colpo. Il maiale stramazzò.

E fu proprio in quegli ultimi istanti drammatici che le due sorelle in soffitta, con le orecchie tese, sobbalzarono leggermente. «Zitti!» disse Angela ai fratellini.

Il grugnire acuto, disperato e ribelle di animale braccato inondò la mattina. I ragazzi in solaio erano rigidi come statue, orecchie e bocca aperte e il fiato sospeso. L'eco di quell'urlo, sebbene attutito dalla lontananza, riecheggiava loro nelle orecchie. Poi, di colpo, il silenzio.

«Non si sente più niente», sussurrò qualcuno.

Uno scalpiccio di sotto e la madre che disse: «Giù tutti, alzo la scala!».

Alla cascina gli uomini lavorarono per l'intera giornata. L'odore di carne cruda si spanse come una nube gassosa. Tutti lo percepirono, oltre al giovane Mario che vomitò ripetutamente.

Era sera quando il ragazzo s'avviò stremato verso casa, reggendo il secchio con il sangue che Gemma avrebbe cucinato. Respirava a fondo, alzò il volto al cielo e passò lo sguardo sull'orizzonte cogliendo la bellezza armoniosa di quell'attimo: la terra, già in ombra, parlava con suoni attutiti, coi respiri leggeri di animali a riposo, coi passi felpati di chi ama la notte e con la voce dell'aria che passa sinuosa tra piume d'uccello. Si sentiva un po' meglio.

Oltrepassò la soglia di casa per primo. Aveva il viso provato e le mani sporche di sangue.

* * *

In cucina, Lucia e Angela guardavano di sottecchi il fratello maggiore. Avrebbero voluto chiedergli molte cose, ma il viso tirato del ragazzo le indusse a trattenersi, inoltre Gemma aveva versato l'acqua calda nella tinozza affinché i tre uomini potessero lavarsi: si dovevano sbrigare prima che si raffreddasse di nuovo.

Peccato... Erano così curiose, così avide di notizie negate e di particolari macabri su quel lavoro ritenuto per soli uomini! Purtroppo il momento ideale era passato e, visto che nessuno più ne parlava, non osarono affrontare l'argomento.

Ma la curiosità delle ragazze sarebbe presto stata premiata.

Inaspettatamente, qualche giorno più tardi, prima dell'ora di cena, Mario radunò i fratelli e annunciò l'inizio di una rappresentazione teatrale.

Negli ultimi anni, come aveva previsto sua madre dopo quella sera in cui era rimasta tanto turbata, il ragazzo si lanciava in recite movimentate. Apriva gli spettacoli con la danza. Con gli anni aveva perfezionato i movimenti e migliorato i travestimenti. La pesante trapunta era stata abbandonata da tempo, sostituita da vestiti vecchi e sgualciti che sceglieva fra quelli smessi dalle sorelle. Gli piaceva volteggiare con gonne leggere che si aprivano e si alzavano sotto l'impulso di esagerati giri su sé stesso, amava la sensazione dell'aria che, smossa, lo accarezzava e si infiltrava fra i peli delle gambe procurandogli un susseguirsi di leggere scosse. Poi passava alle scene comiche: gridolini, cadute, imitazioni di animali e di donne conosciute.

«*Giupín*!» gridava Gemma, che aveva imparato ad accettarlo anche così; anzi si era abituata a tal punto da desiderare che il ragazzo, nei giorni che lo vedevano chiuso in sé stesso, si sfogasse interpretando i suoi ruoli preferiti.

Anche quella sera Gemma doveva ammettere di essersi sentita sollevata quando, dal movimento improvviso scatenatosi in casa, capì cosa stava per succedere. Da qualche giorno suo figlio maggiore era particolarmente polemico; il teatro era dunque benvenuto se riusciva a dissipare il malumore prima che riuscisse a contagiare tutti.

I ragazzi erano pronti. Seduti a gambe incrociate sul divano, attendevano l'inizio dello spettacolo. Sandro, che aveva ormai otto anni, venne scelto come aiutante.

Gemma era in cucina affaccendata attorno ai fornelli e quasi benediceva quel momento di pace: non le sembrava vero che per un po' non avrebbe dovuto controllare i figli più giovani, comandare ai più grandi, o ascoltarli, rispondere, tener testa o gridare. Erano tutti di là, in un'unica stanza, al sicuro. Li sentiva ridere a singhiozzo, battere le mani; a volte percepiva qualche domanda posta dal più piccolo, subito zittito dalle ragazze: «*Scct, cito!*».

La donna si sedette accanto alla stufa socchiudendo gli occhi. Per quanto tempo era rimasta così, a navigare leggera nel dormiveglia? Come spesso le capitava, venne riscossa da una mancanza, da qualcosa che avrebbe dovuto esserci e non c'era, da rumori che avrebbe dovuto sentire e invece non sentiva: voci, risa, mani che battevano, brevi battibecchi. C'era troppo silenzio di là.

"*Gesümmaria, da quantu témp i tas*?" pensò Gemma prima di scattare in piedi e avviarsi veloce verso la sala.

Avvicinandosi alla porta già riusciva a vedere le ragazze sedute sul divano; il fatto che ci fossero era tranquillizzante, ma le facce tese non le piacevano. E poi... Poi mancava Sandro. Irruppe nel locale. Ciò che vide le gelò il sangue. Il piccolo, a quattro zampe, fissava ingenuo e un po' spaventato il pubblico; era legato a una gamba del tavolo con una corda che gli serrava il collo. Mario gli stringeva i fianchi fra le lunghe gambe mentre, chino in avanti, calava a più riprese il braccio verso la testa del bambino. In mano, un lungo coltello di legno e sul pavimento, proprio sotto la testa di Sandro, un grande foglio di carta da pacco macchiato di sangue e, sparsi qua e là, pezzi di viscere.

Mario guardò la madre e capì di averla combinata grossa. Si rialzò e rimase lì, rigido, senza dire una parola. Lei sentì lo spavento tramutarsi in collera e la collera muoversi dentro come una serpe. Aveva voglia di dargliele di santa ragione. Tuttavia non lo fece, una sensazione la bloccò: il dubbio di aver visto qualcosa che prima aveva mal interpretato. Si trattava del cappio: aveva pensato che fosse stretto attorno al collo di Sandro; invece, la corda era allentata e penzolava mollemente.

Il sangue ricominciò a fluire e Gemma riprese a ragionare. Si ricordò che i vicini, quel giorno, avevano macellato un coniglio; ecco dove Mario poteva aver preso le viscere.

Il viso era ancora tirato e la bocca sottile, quasi senza labbra, esprimeva disgusto, ma il peggio era passato.

Tradusse in poche e gelide parole la rabbia e lo sconcerto che, un attimo prima, la stavano spingendo a un'azione incontrollata. Autoritaria come nessuno mai l'aveva vista, disse solamente: «Hai quindici anni, è ora che la smetti di fare queste baggianate!».

La vena creativa del ragazzo, venuta a galla con irruenza in una sera d'inverno di qualche anno prima, era stata in egual modo stroncata. Ricacciata là dove si trovava un tempo, sopraffatta dalla delusione e dalla voglia di sfida che Mario sentiva crescere nei confronti della madre. Era come se, rivolgendosi a lei, dicesse: «Non vuoi più che mi diverta e che faccia divertire? Bene, non lo farò più, ma te ne assumerai le conseguenze».

Anche le due ragazze si piegarono sotto il peso del giudizio della madre pur non essendo rivolto a loro. Un po' perché provavano un certo rammarico per aver goduto della macabra parodia, e un po' perché, quando Gemma usava questi toni, per qualche giorno era meglio non fiatare.

* * *

L'atmosfera di casa era tesa come il lenzuolo con cui Gemma copriva il materasso.

Lucia e Angela si buttarono addosso le giacche di lana: «Cerchiamo il gatto», disse la più grande.

La voce era come un soffio, per timore che le parole potessero rompere un precario equilibrio fatto di silenzi: buttò là quella scusa a testa bassa, per non incrociare lo sguardo della madre. Poi, assieme alla sorella, scivolò fuori casa. Il freddo le obbligava a muoversi con vigore; braccia incrociate e mani sotto le ascelle, picchiavano forte i piedi sul terreno. Si guardarono e scoppiarono a ridere: si sentivano meglio ora. Sbuffi di vapore uscivano dalle loro bocche. Si avviarono chiacchierando sottovoce, ancora turbate per quanto era successo; il vapore si formava e si dileguava con ritmo, assumeva forme diverse per ogni parola, come il fumo che si liberava dai comignoli, segno che anche le case avevano i loro segreti da raccontarsi.

Non era un caso che le sorelle, senza accorgersi, arrivarono fin da Martina; ne erano irresistibilmente attratte.

A volte entravano in casa solo per un saluto, altre si fermavano un intero pomeriggio. Da lei c'era sempre una tazza di latte fresco di capra e, anche se talvolta non lo gradivano, lo bevevano per non offenderla.

Raramente trascorreva una settimana intera senza che le avessero fatto visita. Per loro la sua casa era una specie di tempio delle meraviglie, un'interessante interferenza nel ripetersi della quotidianità. Lì dentro i ritmi erano stravolti e le regole di vita che avevano imparato in famiglia, inesistenti.

Forse era la totale indipendenza di Martina dai giudizi altrui a sedurle, e pensare che lei nemmeno se ne vantava. Era dotata di un atteggiamento trasgressivo innato e inconsapevole; nessun tentativo di confronto, nessun turbamento, impermeabile alle critiche altrui. Lei era così.

Quella sera decisero di curiosare attraverso la finestra, dentro la sua cucina, alla ricerca di stramberie.

Il locale era seminterrato, potevano spiare senza essere viste.

La famiglia era al completo: Martina e Felice, suo marito, con i due gemelli. Stavano mangiando il minestrone e chiacchieravano. Dallo schienale delle sedie penzolavano alcuni vestiti gualciti e ritorti: mutande, calze, reggipetto, maglie.

«Ma guarda dove ha steso il bucato!» sussurrò Angela. «Si bagneranno tutta la schiena.»

«Non c'è pericolo», rispose la sorella con ironia. «Sono passata qualche giorno fa e quella roba era già lì.»

«Che schifo quella minestra. Meno male che hanno qualcosa da raccontarsi se no si accorgerebbero di mangiare una porcheria.»

«No che non si accorgono», aggiunse la sorella. «Sono abituati così.»

Terminata la minestra, Martina sciacquò le tazze in un secchio pieno d'acqua, che chissà cos'altro ci aveva lavato, le riempì fino all'orlo di latte che consumarono inzuppandoci fettone di pane nero raffermo.

«Torniamo, sarà pronta anche la nostra cena.»

Avviandosi verso casa non poterono fare a meno di ripensare a Martina. La videro adagiata su una vecchia poltrona scricchiolante che spostava dentro o fuori in base alla stagione e ricordarono alcune divertenti stranezze nate all'ombra della sua trasandata rilassatezza. Una delle tante attrazioni erano i gemelli, un maschio e una femmina. Nel caldo estivo gironzolavano mezzi nudi per i prati; lo vedevano tutti che erano pelle e ossa, con le gambe lunghe e secche come quelle delle cavallette che saltavano dappertutto al loro passaggio: eppure, ogni inverno, in modo graduale e misterioso, diventavano grassi come maiali. Un fatto davvero strano, inspiegabile, fino al giorno in cui fu la stessa Martina, in modo del tutto casuale, a rivelare il mistero.

Lucia e Angela ricordarono che si stavano intrattenendo con la donna, affaccendata attorno alla cucina a legna dove borbottavano due pentoloni neri di fuliggine, pieni fino all'orlo di una brodaglia densa. Rimestava un colpo l'una un colpo l'altra con lo stesso mestolo di legno e loro allungavano il collo per aspirarne il profumo. Lucia, la più schietta, dopo aver inalato quasi con golosità, aveva arricciato il naso disgustata: «Che *spüzza*!».

«Certo, cosa stai lì ad annusare il pastone? Lo sai no che puzza. Annusa l'altro che è il minestrone. Ne vuoi?»

«No no», aveva risposto Lucia con gli occhi puntati sul mestolo che stava uscendo gocciolante dal pasto del maiale per rituffarsi dentro il minestrone. «Grazie Martina, un'altra volta.»

Nel mentre erano entrati di corsa i gemelli, grassi e impacciati, coperti da un sudiciume che sapeva di stantìo. Nel vederli, Lucia era sbottata: «Gesù se siete sporchi!».

L'osservazione aveva obbligato Martina a girarsi.

«Eh sì», aveva detto senza stupore, avvicinandosi con calma alla credenza; aveva aperto un cassetto, dove solitamente si riponevano le posate, e si era messa a frugare. Le ragazze si aspettavano di udire un tintinnio metallico, invece niente. Finalmente quella specie di pesca miracolosa aveva avuto termine e Martina, girandosi, aveva sventolato le sue prede: due maglioni spiegazzati ma puliti.

«Venite qua», aveva detto ai figli e, sotto il loro sguardo sempre più stupito, aveva infilato i maglioni ai ragazzi, direttamente sopra a quelli sporchi.

«Tanto quelle cose lì non asciugano adesso, inutile lavarle», diceva tra sé. Poi rivolta a loro: «L'estate arriverà, non l'hanno mai mangiata i lupi, no?».

Non si aspettava nessuna risposta, non cercava consensi e mentre i gemelli, infagottati, tentavano di lisciare le pieghe della maglia, era ritornata a rimestare il loro pasto e quello per il maiale.

Erano già davanti alla porta di casa quando si ricordarono del gatto.

«Cerchiamolo sotto la conigliera», propose la più grande.

E, mentre a passo sostenuto percorrevano la lunga traccia scura, scavata nella neve, Angela continuava a ripetere con un filo di voce: «Se c'è, la mamma non è più arrabbiata; se c'è, la mamma non è più arrabbiata; se c'è, la ma...»

«Hai ragione Lucia, è proprio qui, sulla paglia. Dai, portiamolo dentro.»

* * *

La famiglia era riunita attorno alla tavola fra il tintinnio di forchette e coltelli; qualche frase buttata là per rompere il silenzio: ne vuoi ancora; mangia piano; finisci bene il piatto.

Nessuno aveva più parlato dell'accaduto.

Solitamente, le discussioni in famiglia avevano scopi pratici; il tempo dedicato alle riflessioni o al raccontarsi era poco, ancor meno quello riservato alla sfera più delicata che riguardava l'intimità.

Non stupiva dunque l'omertà attorno alla faccenda del teatro, tuttavia le loro teste formicolavano di pensieri confusi, fomentati da domande incalzanti ma inespresse, tutte attorno allo stesso argomento; era così pressante il bisogno di chiarezza interiore che ognuno si lambiccava a modo suo.

Gemma si tormentava; ora che aveva preso le distanze da quanto accaduto, si rendeva conto di essere stata intransigente. Vedere Sandro accucciato come un cane, anzi come un maiale, con la corda al collo, l'aveva spaventata a tal punto da essere spinta ad agire prima di considerare la scena nel suo insieme e forse solamente ora iniziava a intuire la vera ragione di tale orrenda buffonata.

Anche se le dispiaceva l'aver definitivamente bloccato quello che per Mario rappresentava un importante spiraglio di autentica liberazione, non poteva ignorare l'espressione di terrore dipinta sul volto degli altri figli. Sì, la decisione era presa ed era irrevocabile.

Lucia e Angela dovevano ammettere di aver provato un grande spavento, ma era anche vero che era durato poco, solo il tempo per capire che il fratello maggiore stava davvero facendo finta.

A dire la verità, Angela attendeva con curiosità l'epilogo dello spettacolo, ma la sorella più grande era inquieta. Pur desiderando che il fratello continuasse a recitare, avrebbe dovuto fermarlo poiché temeva ciò che poi realmente sarebbe accaduto: l'irruzione della madre e le sue conseguenze. Si rimproverava di non essere intervenuta in tempo per evitare il peggio.

L'assillo di Sandro – oltre al fatto di non aver ancora capito se ritenersi il destinatario della sgridata assieme al fratello – era il ricordo dell'attimo in cui, corda al collo e immobilizzato, vedeva le facce spaventate del pubblico.

Invece Mario era l'unico che in quel momento non aveva pensieri. Decise di tenerli lontano, non sapeva esattamente dove, ma voleva sentire la testa vuota. Persino Carlo, che il giorno in questione era lontano dalle vicissitudini di casa, investigando su quel viso refrattario, si stava chiedendo se Gemma gli avesse raccontato tutta la verità.

Non poteva continuare così. I silenzi, soprattutto se nati da tribolazioni, erano difficili da sopportare. Così, almeno apparentemente, ognuno riprese il filo della propria vita ritornando, se non a essere quello di prima, almeno a comportarsi come tale; a parte Mario, che rincorreva sogni di rivalsa diventando, oltre che ancora più taciturno e scontroso, anche un po' antipatico. Gemma si era trincerata dietro il suo "indietro non si torna" e Lucia tentava di convincersi che, a ben guardare, non era suo dovere, giovane quattordicenne, criticare o addirittura influenzare le scelte del fratello.

Del maiale, ora, ne godevano tutti, e lasciarono che la digestione, di salami cotti o crudi, di testa o di fegato, aiutasse a smaltire ciò che era stato.

❋ ❋ ❋

Gemma si sentiva inquieta per quel figlio maggiore e, in sua presenza, percepiva un fastidioso imbarazzo. Anche Carlo, in cuor suo, ammetteva che ultimamente preferiva evitarlo, specie se era solo in casa. Credevano che l'entrata nel mondo del lavoro avrebbe potuto segnare l'inizio di un cambiamento importante. Confidavano che i colleghi potessero seguirlo nell'apprendimento del mestiere e facilitarlo a inserirsi adeguatamente nel gruppo di compagni. Forse il nuovo ambiente l'avrebbe persino aiutato a smussare il carattere. Spesso il lavoro compie miracoli.

Naturalmente non nascondevano di aver atteso tale momento anche per il vantaggio economico, che avrebbe alleviato gli sforzi di Gemma nell'amministrazione dei conti famigliari con le regole ferree del risparmio. Erano pure convinti che potesse essere ragione d'orgoglio per lui: il primo dei figli che avrebbe contribuito al loro sostentamento.

Anche se il mestiere di falegname non era stata una scelta dettata dall'interesse ma dall'opportunità, Mario si sentiva elettrizzato.

Presto avrebbe incassato il suo primo stipendio con l'orgoglio, finalmente, di essere il figlio maggiore, di essere uomo. Era un pensiero persistente, a volte immaginava che avrebbe guadagnato tanto denaro da poterlo trasformare nei desideri accumulati nell'infanzia e così si addormentava appagato.

Superò velocemente il periodo iniziale in cui gli furono affidate varie incombenze. Suo padre l'aveva avvertito: «Devi aver pazienza, ti faranno fare un po' di tutto» ed egli aveva annuito.

Fin dal primo giorno affrontò i suoi compiti con grande impegno, dimostrando a tutti di essere volenteroso e forte tanto che i colleghi smisero presto di assisterlo e anzi qualcuno cominciò ad approfittarsi di lui.

«Mario finisci tu di piallare queste assi?» azzardò un compagno con la fretta di andarsene.

«Ma... Il mio lavoro l'ho finito!»

«Sei giovane, sei forte e anche apprendista. Ubbidisci e basta, non vorrai che mi lamenti col padrone, no?»

«Va bene», sospirava il ragazzo. Aveva timore del padrone: più volte era capitato che entrasse con impeto nel laboratorio, il viso severo e tirato, facendo rimbalzare lo sguardo acuto da un operaio all'altro. Puntuale, ne seguiva un'esplosione di collera indirizzata a tutti, colpevoli e no.

Mario non sempre capiva quale inosservanza o trasgressione o errore avesse scatenato la sua ira, si incurvava un po' nelle spalle, abbassava il capo e chiudeva gli occhi nell'attesa di poter tornare al lavoro.

Di fronte alla falegnameria c'era un'osteria molto frequentata dagli operai e dietro, circondato dai prati, un campo da bocce svolgeva un interessante e intenso lavoro di mediazione. Era lì che gli attriti venivano discussi e spesso appianati. Con le bocce in mano e un bicchiere di vino appoggiato sul tavolino che loro stessi avevano fabbricato, affrontavano discussioni a suon di bocciate, vincite e insuccessi. Alla fine, tutto si mescolava: scaramucce nate in bottega e discussioni attorno al boccino si attorcigliavano le une alle altre e venivano poi sopite da qualche sorsata di vino. Non c'era mai una vera risoluzione, piuttosto un abbandono semicosciente del livore.

Anche Mario si avvicinò al gioco delle bocce, con discrezione osservò e carpì i segreti dei più esperti, poi un giorno ci provò.

Il gioco gli piacque, più di tutto amava ritardare il rientro a casa: quell'indugiare ascoltando le discussioni che ora si accendevano ora si smorzavano, quella leggera trepidazione al pensiero di un prossimo futuro da uomo indipendente, lo appagavano.

«Forza ragazzo, assaggia un po' di vino!»

«Non mi piace.»

«Dai, assaggiane solo un po'.»

«Lascialo stare, è ancora troppo giovane», intervenne il più saggio.

Ed era vero, troppo presto per bere vino o per fumare, ma l'idea lo attraeva: al solo pensiero di una futura, possibile trasgressione, avvertiva il corpo fremere.

A fine partita, quando i più se ne andavano a casa per la cena, Mario offriva quasi sempre il suo aiuto per lisciare il campo. Si divertiva a trainare il rullo avanti e indietro fino a far sparire qualsiasi traccia e si crogiolava nell'idea che sarebbe rimasto lì per sempre, maturato e cresciuto professionalmente all'interno di quella compagnia fino alla fine dell'apprendistato e oltre.

Alcuni dei colleghi però, in particolare colui che per primo lo aveva sfruttato con il ricatto per ottenere lavori supplementari, erano delle vere canaglie.

"Non hanno coscienza", pensava preoccupato riferendosi a un fatto appena capitato.

Era successo che, quel giorno, il padrone doveva assentarsi per l'intera giornata e, come spesso capitava in tale situazione, un paio di operai avevano lavorato davvero poco: tra chiacchiere e puntatine all'osteria, a fine giornata gli obiettivi erano stati disattesi.

Mario sentiva, al riguardo, un forte imbarazzo e l'ansia per la paura della reazione del padrone aveva creato in lui una pressione tale che, invece di partecipare alla gara serale di bocce, era rimasto in bottega fino a tardi per finire ciò che andava finito. Quella fu la prima volta, ma ne seguirono molte altre: il ragazzo tenne duro a lungo con una grande forza di volontà sorretta dal senso del dovere.

* * *

Spesso il lavoro era ripetitivo e monotono e le mani, abituate al perpetuarsi dei gesti, si muovevano da sé, regalando alla mente di Mario una certa libertà: i pensieri svolazzavano in modo incostante, come il volo incerto e senza meta di un uccello appena uscito dal nido. E in quel girovagare qualcosa trovarono: il suo cuore sobbalzò nel riconoscere il desiderio di creatività che si portava dentro, lo percepì come forza nuova, arricchente. La respirò per qualche istante assaporando la leggerezza che gli procurava nell'imporsi sulla ruggine del suo animo provato.

Si immaginò di costruire, tutto da solo, un *cassunètt* dove sua madre avrebbe potuto riporre, per la conservazione al riparo dai topi, le pagnotte preparate per un'intera settimana e altre vettovaglie. L'oggetto si manifestò nella sua completezza tramite un'immagine dettagliata, come se una parte di sé l'avesse custodita a sua insaputa già bell'e pronta. Avrebbe iniziato l'opera partendo dal tronco grezzo fino alla realizzazione del manufatto e lo avrebbe impreziosito con una bella incisione floreale sul coperchio: sarebbe stato un lillà, come quello che attirava le cetonie dorate nell'orto di casa, il fiore preferito da Gemma.

Tale magnanimità da parte sua nei confronti della madre lo sorprese; cercò una spiegazione dentro di sé che non si palesò. Non era avvezzo a tali valutazioni, nella sua famiglia aveva allenato la capacità di muoversi nel concreto: vedere le problematiche, cercare di risolverle, aiutare. Doveri.

Non poteva certo capire quanto desiderasse, in fondo alla sua anima, riconquistare il bene di sua madre che lui credeva perduto, ammansirla con un cassone modellato con le sue stesse mani. Nemmeno poteva capire che, invece, il bene c'era, nascosto fra le pieghe di una durezza creduta necessaria, dietro un'autorevolezza che schizzava fuori dagli occhi e che impregnava la voce, i gesti. Ma c'era. Troppo nascosto per Mario che, in fatto di affetti, non riusciva a vedere al di là dell'apparente.

Pensava di festeggiare, niente di speciale, solo qualche birra in compagnia, giusto per segnare l'inizio della sua indipendenza economica. Doveva aiutare la famiglia, ma si sarebbe tenuto la maggior parte dei soldi. Questi erano i suoi pensieri mentre pregustava il suo primo salario e la nuova libertà che ne sarebbe nata. Quel giorno, dopo un mese di prova e uno di lavoro effettivo, era arrivato; si era ficcato la busta paga in fondo alla tasca dei pantaloni e, con la mano appoggiata sulla stoffa esterna, l'aveva tenuta premuta alle gambe per non perderla, ma anche per sentirla, per ricordarsi ad ogni istante che non si trattava di un sogno. Si era avviato verso casa imboccando la strada più lunga, il sentiero tortuoso che passava dal bosco, consumando in silenzio e in solitudine il compiacimento per i primi soldi guadagnati.

A casa, Gemma l'aveva aspettato con trepidazione; quello era giorno di paga per tutti. Non vedeva l'ora di aumentare le banconote che Carlo aveva appena infilato per metà sotto il portafrutta. Quando il figlio entrò, a Gemma parve quello di sempre, serio e un po' rabbuiato, ma poi, a gran voce aveva annunciato: «Ho preso paga!» e gli occhi verde cupo si accesero. Aveva sfilato dalla tasca la busta mettendo una parte di denaro sul tavolo. Quando la madre gli comunicò che lo stipendio avrebbe dovuto essere consegnato interamente alla famiglia, a parte qualche spicciolo per le piccole spese, lo sguardo del giovane si offuscò.

Gemma non immaginava che il ragazzo si fosse fatto illusioni su quei soldi; diede per scontato ciò che scontato per lui non era: aveva sbagliato a non parlargliene.

Mario, gli occhi gonfi di lacrime e di amarezza, uscì di casa lasciando l'intero salario sul tavolo.

Quella notte la madre aveva vegliato e solo dopo aver sentito rientrare il figlio, ormai già mattina, finalmente si era addormentata.

«Come lo vedi il Mario?» chiese una sera Gemma al marito quando i figli erano già a letto.

Carlo non rispose subito, la guardò con aria preoccupata.

Sapevano che il primogenito era spesso percorso da ondate di profondo astio, specialmente nei confronti della madre. Ogni mese cedeva la paga senza fiatare, ma il gesto con cui la gettava sul tavolo senza dire una parola esprimeva disprezzo. L'atteggiamento del giovane era addirittura peggiorato dopo la nascita dell'ultimo figlio, Erminio. Per Mario non era che uno in più da sfamare; la frustrazione, diventata incontenibile, trovava sfogo nella cattiveria che riversava sui fratelli e nella villania con cui trattava la madre, "dammi da mangiare, vecchia".

«Diamogli tempo», sussurrò Carlo. «Si ammorbidirà.»

* * *

L'apprendistato aveva trasformato Mario in un giovane scontroso, irritante, a volte tanto bellicoso da mettere in seria difficoltà l'intera famiglia. Tutti cercavano di evitarlo e i fratelli più giovani ne avevano una tale soggezione da sottrarsi alla sua vista appena lui li intimoriva con occhiatacce. C'era, nel suo sguardo, un dolore che il tempo aveva trasformato in disgusto. Si era tenuto dentro ogni ingiustizia, ogni difficoltà che tutti, prima o poi, incontrano nella vita. Si era fatto cattivo sangue, come sovente gli rimproverava la madre, con quel rimuginare continuo, sfibrante.

Ai pasti, uno dei rari momenti in cui tutti, o quasi, erano presenti, Gemma cercava di mettere in buona luce suo figlio, sperava di infondergli un po' di serenità.

«Basta, avete mangiato abbastanza», diceva ai più golosi. «Non c'è tanto da sbirciare nella pentola, l'ultimo mestolo di risotto è per vostro fratello, lui deve lavorare, e tanto anche! Il padrone dice che lavora proprio bene.»

A Mario le lusinghe davano ancora più fastidio dei rimproveri, si sentiva impacciato, non sapeva cosa dire, arrossiva e guardava fisso dentro il piatto.

Il ragazzo era un giusto. Sul lavoro non imbrogliava, faceva quello che doveva fare e anche di più, i suoi soldi li voleva guadagnare tutti, fino all'ultimo centesimo. E non sopportava i furbi, quelli che appena il padrone girava la testa ne approfittavano. Lui stesso aveva raccontato quanto lo infastidiva il comportamento di certi colleghi, di come si addossava un carico di lavoro supplementare, non certo per dare un colpo di mano a quegli sfaticati, bensì per fare ciò che il padrone aveva comandato. Più di tutto temeva un suo rimprovero; meglio prevenire, lavorare come un asino. Avrebbe potuto denunciare la malsana condotta di quei due o tre, ma fare la spia lo ripugnava.

Dopo un paio d'anni, anche a causa del carattere chiuso e incline al rancore, il suo disagio aumentò e, quando si rese conto di detestare i colleghi per il loro menefreghismo, il padrone per la sua cecità e di non riuscire a perdonare la madre per la questione dello stipendio, non resse più e decise di dare una svolta alla propria vita.

«Cambio lavoro. Voglio andar via di qua!», sbottò una sera durante la cena.

A quelle parole Gemma rimase con la forchetta a mezz'aria, deglutì, ripose la posata; non aveva più appetito. Carlo ancora non era rientrato. Madre e figlio si guardarono negli occhi. Lei nel tentativo di capire se non fosse per caso capitato qualcosa di brutto; lui per valutare quanta speranza avesse di poter partire.

L'una ci vide tanta amarezza, come per il giorno della sua prima paga; l'altro, invece, dopo un guizzo di sconcerto, vide timore. Ancora non parlavano. Anche Lucia e Angela, un po' sulle spine, osservavano la scena e intanto mangiavano con gesti rallentati; appoggiavano le posate delicatamente per non fare rumore, come se, rompendo il silenzio, avessero potuto spezzare il filo invisibile che univa gli sguardi.

A un tratto, chissà per quale pensiero, Mario rilasciò appena i muscoli del collo e del viso. Quel tanto che bastava agli angoli della bocca per spostarsi di un niente verso l'alto, alle labbra per riprendere colore, agli occhi per addolcirsi e, infine, a Gemma per tener conto della richiesta.

«Vedremo poi, adesso mangia.» Con quelle parole Gemma chiuse la discussione.

I figli ripresero a mangiare con un certo sollievo; sapevano che la madre si sarebbe presa il tempo necessario per trovare, assieme al marito, una soluzione alla richiesta del figlio.

* * *

"Potrebbe essere un toccasana per Mario inserirsi in un ambiente totalmente nuovo, conoscere altra gente, altre abitudini, lontano dal tran tran famigliare", pensava Gemma. "Possibile che così giovane è già tempo che parta?" Non che lei non avesse pensato a quella possibilità, ma riteneva si potesse aspettare ancora un po'. E ora la richiesta arrivava dal ragazzo stesso. Si sentiva confusa, soprattutto perché le ragioni del cuore le offuscavano il pensiero, indebolendo la capacità di prendere decisioni ponderate.

Quel pomeriggio era un continuo rimuginare tra sé, valutare i pro e i contro, immaginarsi possibili imprevisti e soppesare le paure. All'imbrunire, e ancora immersa nei propri pensieri, Gemma si fermò alla finestra che dava sui sentieri dietro casa. Passò la mano sul vetro appannato togliendo la condensa come se con quel gesto lento potesse schiarirsi anche i pensieri, poi si asciugò la mano strofinandola sul grembiule.

In quel momento scorse in lontananza una persona. Un particolare anomalo, una stonatura nei contorni della figura la incuriosì strappandola ai suoi pensieri.

La strana sagoma avanzava lenta e vacillante; una donna, le sembrava che indossasse una gonna ampia, lunga fino alle caviglie. Ma cosa ci faceva da quelle parti una donna vestita così?! Ora la vedeva meglio, non era una gonna ma un vestito, attillato sopra e svasato come una campana sotto. Vide la sconosciuta incespicare poi sollevare con una mano un lembo di stoffa, forse sporco di terra, mentre con l'altra reggeva qualcosa che Gemma non riusciva ancora a identificare. "Sarà una borsa, con quel vestito cosa potrebbe portare d'altro?" si chiese completamente presa dalla stravaganza di quell'apparizione. "O forse un mazzo di fiori avvolti nella carta", pensò un po' eccitata.

Intanto la misteriosa figura veniva avanti e così, più da vicino, a Gemma sembrò di notare qualcosa di famigliare. L'andatura, forse. Non riusciva a vederla in faccia perché teneva il viso basso, per controllare dove mettere i piedi. "E già!" pensò ancora. "Avrà le scarpe col tacco, e su questi sentieri deve starci attenta."

Si accorse però che da sotto il vestito azzurro, che ora addirittura le sembrava di pizzo, facevano capolino delle scarpacce rozze e sporche. Per un attimo Gemma dubitò di sé stessa: «Sto sognando?»

Poi gli occhi, che rimbalzavano veloci qua e là su quella figura alla ricerca di un particolare chiarificatore, si soffermarono sull'oggetto che reggeva con la mano. Nessuna borsetta, nessun mazzo di fiori assecondava l'idea romantica di Gemma: era solo un volgare secchio di alluminio per la mungitura. Appiccicò il naso sul vetro della finestra per convincersi di averci visto giusto.

Era Martina nel suo vecchio vestito da sposa, fasciata in un tiepido abbraccio di tulle. Sembrava un fiore avvizzito. Ma era la solita Martina: senza vanto, senza menzogna né desideri, che andava a mungere con indosso il vestito da sposa.

Gemma si era lasciata rapire da quella scena di straordinaria innocenza. Risucchiata in un vortice di stravaganza e irragionevolezza, si sentiva inebriata.

Appena la dama in tulle azzurro svanì dietro l'angolo, ecco palesarsi la soluzione per suo figlio che avrebbe discusso con Carlo.

❋ ❋ ❋

Alla fermata dell'autopostale c'era tutta la famiglia. Il padre lo abbracciava in silenzio, con forza; si stampava addosso il suo calore, il suo odore, come se avessero dovuto durare per sempre. La madre faticava a trattenere il pianto, allora continuava a dare consigli, a risistemare il collo della camicia nuova del figlio, a raccomandarsi: «Saluta poi i cugini e comportati bene. Ricordati di scrivere almeno una volta alla settimana!»

«Che tristezza vederlo partire. È così giovane», sussurrò Angela alla sorella.

«È vero, però almeno ce ne stiamo un po' in pace. Lontano da casa imparerà a comportarsi meglio.»

«Forse», rispose Angela.

Un po' nascosti, dietro la madre, Sandro ed Erminio si tenevano per mano. Erminio, ancora molto piccolo, era turbato dalla forte emozione della madre, percepiva la sua agitazione. E quel parlare insolito, quel toccare la camicia di Mario in continuazione lo infastidiva. Sandro, invece, essendo di frequente oggetto di sfogo di suo fratello maggiore, provava solo sollievo.

Tanta era la voglia di partire, che Mario non raccolse la commozione che lo circondava. Eppure era densa, soffocante come un'umida giornata d'agosto. Il suo pensiero era rivolto al domani, si aspettava occasioni coinvolgenti, stuzzicanti, i suoi occhi inseguivano immagini nuove. Dall'ultimo gradino dell'autopostale si rivolse alla famiglia con un cenno della mano. Una famiglia troppo numerosa, troppo impegnativa: legna da tagliare, soldi da guadagnare che non bastavano mai, fratelli piccoli a cui badare. Una famiglia ingombrante, che avanzava poco tempo allo stare insieme.

Un cardellino lanciò il suo canto da un ramo ancora spoglio.

"Il momento di partire è finalmente arrivato, eccomi in viaggio, non mi par vero", pensò Mario mentre, attraverso il finestrino, osservava i luoghi conosciuti scorrere via rapidi. Si gustava quel vedere famigliare e si immaginava la prossima lunga tappa. Curve e controcurve lo accompagnarono al capolinea; scese dall'autopostale con la scioltezza dei giovani, in una mano la valigia di cuoio preparata da sua madre, farcita di formaggio e salami per i parenti. Si guardò attorno. Una sola volta era giunto fin qui, per una faccenda di famiglia ormai evaporata dalla sua mente, ma ricordava vagamente il luogo: il confine del suo mondo. «Forza», si incoraggiò. «È giunto il momento di andare oltre.»

Col respiro smozzicato, affrontò l'imbarazzo e l'euforia della prima volta e salì sul treno. Lesse e rilesse le scritte stampate sul biglietto, lo mostrò al controllore, chiese conferme.

Si sistemò accanto al finestrino. Il treno strisciò fuori dalla stazione con prudenza, come un lombrico che, sbucato dalla galleria sotterranea, avanza cauto per non allarmare gli uccelli. Mario frugava con lo sguardo la realtà che slittava piano all'indietro; riconobbe un compaesano che, spedito, camminava lungo il marciapiede. La visione gli strappò un sorriso, un piacere caldo, confortante. Poi il treno accelerò e si lanciò verso l'ignoto.

Il senso di familiarità svanì d'un colpo, gli restò il fuoco dell'aspettativa.

Lo sgomitolarsi veloce del paesaggio lo aveva ipnotizzato a lungo, fintanto che la colazione, consumata qualche ora prima, gli risalì fino in gola. Così il ragazzo socchiuse gli occhi e lasciò che i sobbalzi ritmati del treno gli infondessero calma e torpore.

Una lunga frenata accompagnata da uno stridio lo riscossero: era giunto alla frontiera. Fuori tutti! Prese la valigia e s'accodò agli altri passeggeri. Scese gli alti gradini con circospezione, rigido; sul marciapiede scuro della stazione si sentì straniero.

Baci, abbracci, richiami, urti; era un avvicendamento di corpi che andavano in ogni direzione tutto attorno a lui, timido fulcro di quella stazione di periferia.

Era un disordine frenetico che appariva del tutto senza senso, eppure doveva essercene uno, invisibile ma forte, quasi prepotente. Infatti in pochi minuti quei corpi si organizzarono, diventarono famiglie, coppie, i visi si distesero finché pian piano la stazione si svuotò. Ma lui era ancora lì.

Ritornò con la mente ai suoi boschi, a quando, tanto per divertirsi, sferrando un calcio al monticello di aghi di abete secchi, innescava il panico fra le formiche. La stessa frenesia che c'era attorno a sé, lo stesso disordine, quel correre di qua e di là. Poi, come per incanto, tutto si ricomponeva e tornava l'armonia.

Che cosa ci faceva solo e impalato, con una valigia pesante che lo piegava da una parte? Che fosse destinato, unica vittima del formicaio, al sacrificio?

«Uhuuuh!» Dall'altro lato dei binari una donna alta e magra arrivò trafelata; era sui quarant'anni, si sbracciava con energia. La lunga gonna di cotone assecondava con armonia i suoi movimenti.

«Sei tu il Mario?»

Era salvo. Si allontanò con la cugina di sua madre lasciandosi alle spalle la stazione deserta.

«Ce l'hai il passaporto? Adesso passiamo la frontiera e poi non siamo lontano, venti minuti di corriera.»

La strada sterrata feriva il fianco della montagna e la corriera la percorreva mangiandosi una curva dopo l'altra, in fuga da un polverone che sembrava volerla inghiottire. Qualche decina di metri sotto la strada, la montagna si immergeva nel lago. Una distesa d'acqua che Mario non credeva possibile; era sbalordito e preoccupato di rotolarci dentro, intrappolato fra le lamiere di quella corriera spericolata.

I cugini vivevano in una bella casa, al centro di un villaggio che dominava il lago.

Mario aveva una camera tutta per sé; niente da condividere, nemmeno la lampadina. Ricorda che da piccolo la riaccendeva, appena la mamma scendeva in cucina, per giocare con la sua immaginaria auto di lusso prima di addormentarsi accanto a Lucia che borbottava: «Girala di là che mi dà fastidio, spegni che ho sonno, ora basta consumare *elettrico* se no lo dico alla mamma».

Un bell'armadio in noce massiccio, come quelli di casa, era pronto ad accogliere l'intero bagaglio; appoggiato alla parete di fronte al letto, le ante spalancate, sembrava incitarlo con gesto accogliente ad avvicinarsi. Nel chiudere le ante Mario scoprì uno specchio appeso all'esterno di una di esse. Era rovinato, l'ossidazione aveva staccato qua e là l'argentatura creando delle macchie nere che interrompevano la superficie riflettente. Era antico; forse era il depositario della storia della casa e di chi vi aveva abitato.

Aperta la valigia e tolti salami e formaggi casalinghi, iniziò a sistemare, ordinato e metodico, i vestiti scelti da sua madre. Il ripiano che più lo soddisfaceva, stipato come si deve, era quello delle mutande, alcune bianche per la festa e tante blu, per il lavoro. In quanto al resto, l'armadio tutto suo era rimasto mezzo vuoto.

Passeggiava nella camera assaporando un'intimità che gli era sconosciuta e lasciava vagare lo sguardo attraverso la finestra che guardava a sud; il lago scintillava lontano mentre giocava con l'ultima luce prima del tramonto. Era una veduta nuova per il giovane, bella e malinconica. S'affacciò allora all'altra finestra, quella rivolta verso il centro del paese; un enorme castagno campeggiava, solitario e maestoso, in mezzo alla piazza acciottolata.

❋ ❋ ❋

A cena Mario incontrò il padrone di casa e del birrificio in cui avrebbe dovuto lavorare: di qualche anno più vecchio della cugina, robusto, non troppo alto, con una barba ben curata. Vestiva un elegante completo marrone scuro, camicia bianca, papillon e gilet. Severo e autorevole, scrutava il ragazzo strizzando gli occhi scuri per capire se sarebbe stato all'altezza, se era serio, se ci si sarebbe potuti fidare. Mentre gustava il salame nostrano chiacchierava un po', faceva domande sulla famiglia e sul lavoro che aveva svolto al suo paese. Il giovane rispondeva a monosillabi; per timidezza, per paura di sbagliare, per non dire troppo, e intanto lo indagava a sua volta. Era un confronto inevitabile e necessario, un tentativo di guardare dentro l'altro per cavare ciò che con le parole non veniva detto. Nello scorrere della serata Mario si convinse che con quell'uomo avrebbe potuto andare d'accordo; pur essendo persona di comando, la sua figura bassa e grassoccia, lo sguardo benevolo e la voce pacata, lasciavano intendere doti concilianti.

La mattina presto del giorno seguente Mario iniziò il lavoro al birrificio. Un operaio gli mostrò la sala in cui veniva depositato l'orzo. Il ragazzo avrebbe dovuto occuparsi della prima pulitura del cereale. Cominciò subito: lo scrollava per staccare in modo sommario sassolini, terra o altro poi lo accatastava in una zona pulita del salone. Non aveva l'abitudine a quella polvere sottile che si alzava nel maneggiare le spighe e starnutiva fino a sera, asciugandosi il naso gocciolante nella manica. I compagni di lavoro gli lanciavano occhiate sfuggenti, ma lo lasciavano fare. Solo il giorno dopo un uomo già un po' in là con gli anni, intenerito, gli portò una sciarpa per proteggersi.

«Prendi, legala attorno alla testa in modo da coprire naso e bocca. Aspetta che ti aiuto... Nei prossimi giorni ti insegnerò a usare la trebbiatrice, è nell'altra sala, e serve a finire il lavoro di pulitura. Se sarai bravo ti potrò poi lasciare solo, di tanto in tanto.»

Il lavoro era duro e monotono, ciononostante a Mario piaceva e, da quando maneggiava la trebbiatrice, si sentiva importante.

A volte, nei momenti di riposo, lo prendeva la malinconia; era così lontano dalla sua famiglia! Gli era difficile ammetterlo, tanto aveva fatto per allontanarsene, ma la sera, nella sua camera, si ritrovava a fare i conti con un profondo silenzio e con una tranquillità che non aveva mai conosciuto: niente grida di bambini, nessuno scalpiccio su e giù per le scale, assente la voce di sua madre che impartiva ordini. Cercava distrazione guardando la piazza del paese, attraverso i vetri irregolari della finestra.

Il castagno era lì, piantato sul suo grosso tronco con i rami allungati verso il cielo. Così fermo e poderoso sembrava immutabile. Mario, però, sapeva che non era così; di giorno in giorno lo osservava, abbracciava con lo sguardo quel tronco maturo, indovinava la vita che scorreva sotto la corteccia e che riaffiorava rigonfiando qualche gemma.

Scese le scale a salti per andare a mangiare portandosi appresso, finalmente, il sacco della biancheria sporca che non aveva ancora osato consegnare alla cugina per il lavaggio.

Dopo cena, messo qualche spicciolo nel borsello, s'avviò spedito verso l'osteria della piazza. Aveva proprio voglia di godersi una buona birra.

❋ ❋ ❋

La serata era mite e la brezza portava il tepore raccolto nelle ore di sole. Quel generoso caldo abbraccio generava in Mario un vigore nuovo, che sentiva colmo di una forza che non sapeva come usare. S'avviò deciso verso l'osteria e, nel passare accanto al castagno, si soffermò e percorse la corteccia rugosa con il palmo della mano. A quel contatto percepì un fremito dentro di sé, come se una moltitudine di foglie si fosse risvegliata al soffio dell'aria, solleticandolo. Era il castagno della sua infanzia, quello che gli offriva un posto all'ombra per giocare e che gli faceva paura quando imperversava il temporale. Si era animato d'improvviso, mentre Mario continuava a camminare attorno alla pianta, trascinando la mano sul tronco a occhi chiusi per meglio trattenere quella piacevole emozione. A un tratto perse aderenza, vacillò e riaprì gli occhi: una grossa cavità si apriva nel tronco come un'antica ferita.

"Che buco!" pensò sorpreso. "Chissà come si è formato e quando. Però non sembra che l'albero ne soffra."

Dentro l'osteria ritrovò alcuni colleghi di lavoro; lo invitarono al tavolo, gli offrirono da bere. Sembravano su di giri e rivolgevano battute salaci alla cameriera. Mario si sentiva a disagio e, quando lei si avvicinò col vassoio carico di birre, abbassò lo sguardo. Ma all'allegra compagnia non sfuggì l'occhiata che lanciò alla ragazza quando, tamburellando il fianco con il vassoio vuoto, tornò dietro il bancone.

Quella notte non dormì; un po' per quell'aria tiepida e profumata che lo stuzzicava, ma soprattutto per la ragazza. A occhi chiusi si lasciò tormentare da quel vassoio che batteva e ribatteva sui fianchi e sulle cosce; era come se stesse guardando un film che ritornava all'infinito sulla stessa sequenza di immagini.

Assonnato, la mattina tornò al lavoro. Temeva l'incontro con i compagni d'osteria; era tormentato dall'idea che, a guardarlo negli occhi, si potessero leggere i desideri e l'inquietudine della lunga notte appena trascorsa.

Entrò nel birrificio rasentando i muri e si tuffò fra le spighe di orzo con l'infantile desiderio di rendersi invisibile, come faceva da bambino quando si nascondeva dentro i mucchi di fieno.

❋ ❋ ❋

La ragazza si faceva attendere e si era già pentito mille volte di essere stato tanto audace da invitare la giovane cameriera. Seduto sui gradini malfermi che conducevano all'entrata di una villa in disuso osservava le lucertole che si rincorrevano. Era nascosto dal verde lussureggiante del giardino, da tempo sfuggito al taglio stagionale, e si passava la mano sui capelli, ricomponendoli, lisciandoli.

Pietrificato dall'incertezza era indeciso se sgusciare fuori dal giardino. Sentiva l'orgoglio montargli con rabbia, doveva andarsene da lì, e la sera accomodarsi al bancone del bar ostentando sicurezza, anzi, menefreghismo. Ma sarebbe ancora potuta arrivare: magari aveva avuto un intoppo, o un impegno improvviso, capita sempre quando si ha un appuntamento importante. E se fosse stata vittima di una disgrazia?

Le mani chiuse sulla ruggine di un ricciolo di ferro del vecchio cancello, indugiava: frugava con lo sguardo fra l'intrico di rovi che coprivano il terreno, percorse gli scalini su cui era rimasto per ore. Inspirò lungamente, come per riassaporare il profumo dell'attesa amorosa; ma catturò solamente l'acre odore della delusione.

Il peso dell'umiliazione lo opprimeva; si lasciò alle spalle la villa, desideroso di rifugiarsi al più presto nella sua camera.

D'istinto imboccò la stradina che aggirava il paese. Mani in tasca, spalle curve e sguardo a terra, camminava spedito, seguendo un vivace dialogo interiore in cui si accusava del mancato incontro, per poi giustificarsi in modo quasi infantile, benevolo.

Più avanti apparve una figura che gli si avvicinò, svelandosi. Mai avrebbe potuto immaginarsi d'incontrare l'oggetto di tanto scombussolamento, proprio lì, lontano dal bar e dalla piazza, nella penombra. Una scusa buttata là con baldanza da una parte, un chissenefrega col tremito nella voce dall'altra, misero fine a ciò che ancora non era nato.

* * *

Il lavoro era un toccasana e Mario ci si buttava a capofitto, in modo esagerato; consumava la rabbia così, fintanto che, per stanchezza, anche la delusione patita si smorzava. La sera, da solo in camera, lo riprendeva la nostalgia.

Sdraiato sul letto cercò di leggere, ma il libro gli cadde di lato. Il suo pensiero tornò indietro di qualche mese, al giorno della sua partenza. Tutta la famiglia era presente alla fermata dell'autopostale; lui con la voglia matta di andarsene e i suoi genitori che gli ballavano intorno, ne era infastidito. Ora, invece, avrebbe voluto riudire i saluti, i consigli, le raccomandazioni. Cercò inutilmente dentro di sé le parole di sua madre, il tono della voce, la luce dei suoi occhi. Non ricordava se fossero lucidi per l'emozione o gonfi di lacrime.

Risentiva solamente il canto allegro di un cardellino, pronto a spiccare il volo.

Si alzò dal letto e si avvicinò alla finestra che dava sulla piazza. L'osteria era illuminata ma quieta. Non si sentiva il solito vociare eccitato di uomini e ne fu sollevato. Forse la giovane cameriera li aveva messi in riga.

Subito spostò lo sguardo sul castagno. Il tronco ben piantato nel terreno sorreggeva il peso dei rami, ora appesantiti dalle nuove foglie che si scostavano appena le une dalle altre a ventaglio, per vedere il cielo.

Mario s'immaginò la gente ammassata sotto il fogliame di quest'albero generoso, a cercare riparo dall'afa estiva.

Osservava la macchia scura della montagna che si stagliava contro un cielo non ancora completamente spento. Lì, centinaia di castagni se ne stavano abbracciati gli uni agli altri. Molti avevano rami spezzati, secchi; le foglie più basse sbiadite per la mancanza di sole, altre affollate sulla cima dei rami. A volte qualcuno di loro, incuriosito, tendeva l'orecchio per catturare gli strani suoni che salivano dal paese, e allungava la vista per spiare quel compagno maestoso partito da casa tanti anni fa.

Il postino, come d'abitudine, gettò la posta sul tavolo di cucina direttamente dalla porta aperta, sparpagliandola. Una lettera scivolò via finendo la sua corsa sulle piastrelle del pavimento. Gemma aveva riconosciuto la grafia di Mario, obliqua e regolare, dall'indirizzo. L'aveva raccolta, si era seduta aprendola con lentezza.

Nelle comunicazioni precedenti il figlio si diceva soddisfatto del lavoro, gli piaceva soprattutto l'indipendenza nella gestione delle mansioni di giornata, ma poi si lamentava di una moltitudine di piccole cose: la polvere aspirata, l'odore pungente che si diffondeva nella fabbrica, l'essere solo per troppe ore. Così, ogni volta che leggeva una sua missiva, Gemma percepiva un sentimento inusuale. Rimaneva come sospesa, né troppo sollevata di ricevere sue notizie ma neanche scontenta o pentita della scelta fatta per lui; in bocca le restava un sapore strano, come quello lasciato da una torta mal riuscita che si lascia mangiare perché è roba buona ed è un peccato buttarla via.

Ma questa volta era diverso, lesse e rilesse per risentire il sollievo scorrerle nel corpo e per respirare l'entusiasmo di suo figlio. Al birrificio erano contenti del ragazzo. Lavorava bene, senza risparmiarsi, facendo onore al suo fisico robusto. Dopo diversi mesi passati nella polvere delle stanze di pulitura, suo figlio venne spostato alle vasche per la germinazione dell'orzo. Scorse velocemente le righe in cui raccontava i vari passaggi di lavorazione: il bagno; la germinazione; la tostatura del malto. Gemma si soffermò invece sulle parole per le quali provava grande piacere: Sono contento... È interessante... Sono stato promosso alle vasche. Infine, ripiegò la lettera e salì in camera per riporla sotto il cuscino; prima di dormire l'avrebbe letta a Carlo.

* * *

"Gran bravo ragazzo Mario!" pensava la cugina mentre si concedeva una pausa affondata in poltrona; lo sguardo lungo, osservava il cielo. Nuvole bianche e piene di energia si rincorrevano o si sospingevano. Sembravano ragazzi che consumavano così l'allegria, la voglia di vivere. Si ricordò allora del gruppo di giovani che si ritrovava la sera sulla piazza e di aver pensato più di una volta, nel passarci, che trovava strana l'assenza di Mario.

«Gran bravo ragazzo, sì, e ottimo lavoratore; ma troppo solitario, troppo timido. Cosa ci fa, in queste belle serate, chiuso in camera?» Decise di parlarne al marito.

«Non creare problemi inutili, lo vedo più di te e ti dico che va tutto bene, è contento e lavora. Certo, parla poco, meglio no?»

«La pensi così perché, se tace, rende di più», insisteva la donna. «Ma cerca di capire, non è normale starsene chiuso in camera, solo, tutte le sante sere; non gli fa bene. Vedrai che prima o poi si ammala di nervi e la resa sul lavoro calerà di colpo.»

Con astuzia, la donna aveva toccato il giusto tasto.

«D'accordo, gliene parleremo a cena.»

Pensieroso, rosso in viso per lo sforzo emotivo, Mario quella sera salì in camera a tarda ora soppesando i consigli dei cugini. Era vero, aveva lasciato che le sue relazioni con gli altri diventassero sterili, ridotte alle quattro parole scambiate sul lavoro. Dal giorno del suo fallito incontro amoroso aveva osservato l'osteria solo dalla finestra della camera, a luce spenta. Anche ora si avvicinò alla finestra, ma con nuovo slancio.

Amava la spensieratezza sfacciata dei giovani maschi, quel parlare grasso, quel modo irriverente di sedurre la cameriera o le ragazze di passaggio. La mascolinità veniva messa in scena ed esibita con parole e comportamenti eccentrici. Era un dentro e fuori dal locale, un vociare e un ridere sguaiato.

Gli piaceva.

Provò a mettersi di fronte allo specchio e si guardò mentre tentava di imitare ciò che aveva appena spiato. Ma si trovava buffo, troppo rigido, fuori posto, prigioniero della sua timidezza.

Non è la prima volta che le sorelle viaggiano su quel treno. Ricordano quando, non ancora ventenni, avevano percorso lo stesso lungo tratto per far visita al fratello. Era stata Gemma a mandarle, voleva essere sicura che il figlio stesse bene.

«Era stato bello quella volta, vero Lucia?»

«Altroché! E poi eravamo così giovani, ci sembrava di vivere una vera avventura.» Angela sospira malinconica. «Chi poteva immaginare che finisse così!»

Dopo essere stato ospite dei cugini per qualche anno, Mario aveva scelto l'indipendenza e si era trasferito in un monolocale. Le sorelle decidono di andarci subito, hanno tempo, l'appuntamento all'obitorio è solo per il tardo pomeriggio.

La casa di Mario è una cascina. I proprietari, contadini, un tempo la riempivano di fieno. Diventati anziani hanno ridotto l'attività. Per compensare il mancato guadagno hanno deciso così di affittarne una parte. C'è infatti, sul davanti, un grande locale pieno di attrezzi, alcuni in disuso, che hanno potuto essere raggruppati nel fienile ormai semivuoto, in modo da rendere quello spazio abitabile.

Le due donne si soffermano a guardare lo stabile da lontano.

«È un cascinale, sembra tenuto piuttosto bene.»

Lo raggiungono e ci girano attorno.

«Questo deve essere il fienile», spiega Lucia mentre osserva il grande portone chiuso col catenaccio. «C'è anche un bel cortile.»

«La porta d'entrata è qui, vieni.»

È chiusa a chiave. Sulla sinistra dell'entrata, posto ad angolo retto, c'è un gabbiotto con una porta più piccola, chiusa anch'essa.

«Questo sarà il gabinetto, cosa pensi?»

«Può essere!» dice Lucia. «Dai, cerchiamo la chiave.» Sanno che difficilmente il fratello si era dimenticato delle abitudini di famiglia, così si mettono a ispezionare i muri alla ricerca di sassi rimovibili.

«Non cercarle così vicino alla porta, sai benissimo com'era prudente! Prova a guardare anche dietro al gabbiotto.»

«Hai ragione, dev'essere qui, vedo un sasso un po' sporgente, ma non ci arrivo, è troppo in alto.»

Assieme, fanno rotolare un ceppo che stava addossato al muro e lo collocano nella posizione voluta. Angela sale in piedi, si allunga e, tolto il sasso, fruga alla ricerca della chiave. La trova.

Al centro del locale scarsamente illuminato da una lampadina fioca, senza paralume, ci sono un tavolo con due sedie. Lungo la parete destra, sotto una finestrella, una piccola cucina. Sull'altro lato, in un angolo, il letto e di seguito una modesta credenza e un armadio. Sulla parete di fronte all'entrata, pesanti tendoni oscurano due grandi finestre. Lucia li scosta e vede il cortile che hanno attraversato poco prima.

Sul tavolo nessuna tovaglia, nemmeno un soprammobile a sottolineare un ricordo; le pareti sono spoglie, né quadri né fotografie le adornano. La piccola cucina è interamente ricoperta di cartoni. Angela, incuriosita e anche un po' sospettosa, li toglie. Nessun utensile, solo il fornellino a gas che spicca immacolato, senza incrostazioni né polvere, come l'intero piano. Tutto sembra dormire da un'eternità.

«Siamo sicure che nostro fratello abitasse qui? Sembra un locale rimasto sfitto», dice Angela, che per ora è l'unica ad aver proferito parola. Lucia le lancia un'occhiata, lo sguardo cupo e colmo di apprensione, la bocca arsa.

«Era maniaco dell'ordine e della pulizia, lo sai no?»

«Sì, ma questa è un'esagerazione! Aspetta, controllo anche la credenza.» Apre le ante con circospezione, come faceva da ragazzina quando, la sera, si accertava che nell'armadio in camera non si nascondesse

l'uomo nero. Si sorprende nel dover ricorrere alla stessa audacia per sbirciare nella credenza e sente una punta di imbarazzo verso il fratello defunto. Come si aspettava, pochissime cose: alcuni piatti, una tazza, due bicchieri. La donna controlla accuratamente tutti i ripiani alla ricerca di almeno una piccola scorta alimentare. Trova solamente del caffè, dello zucchero, un po' di riso in un sacchetto già aperto. Nei due ripiani più alti però, Mario aveva accatastato un numero incredibile di scatolette contenenti dadi per brodo di vario gusto. «Sono così tanti che nemmeno un ristorante riuscirebbe a consumarli in un anno! Vieni a vedere, Lucia!»

Rimangono ammutolite di fronte alla credenza, i visi rivolti leggermente all'insù, cercando di trovare, inutilmente, una ragione per quell'accumulo smodato.

«Non si può vivere di solo brodo, vero? Secondo me veniva qui solo ogni tanto. Vieni a vedere cosa ho trovato e capirai cosa intendo!»

Lucia si siede su un piccolo sgabello davanti all'armadio aperto. Dagli attaccapanni ricadono i vestiti del fratello, i pantaloni da lavoro, un paio di camicie, un giaccone, poi uno spazio vuoto e, sull'altro lato, fanno bella mostra di sé una sottoveste di pizzo e una vestaglia di seta. Sui ripiani, le mutande da uomo di due colori, alcune da donna, calze di nylon e un bustino con lunghe stringhe intrecciate sul dorso e lasciate penzolare fino a toccare il fondo dell'armadio.

«Mario aveva una donna e probabilmente passava da lei la maggior parte del tempo libero. Ciò spiegherebbe come mai il fornello è quasi nuovo e il perché di una scorta di cibo così limitata. Forse, per ogni evenienza, quella donna lasciava qui qualche indumento.»

«Forse, ma chi se lo aspettava! E poi, se veniva qui raramente, perché tanti dadi per brodo?» dice Angela mentre, trasognata, accarezza con gesto leggero gli indumenti femminili appesi.

«Si sarà trattato di quella Rosa, ricordi?» continua Lucia. «L'avevamo vista la prima volta che siamo venute a trovarlo.»

«Sì, ricordo, lei e Mario spedivano a nostra madre le cartoline dei loro viaggi. Ma non è lei la donna in questione.»

«Io credo di sì», ribatte Lucia. «Mi era sembrata una brava ragazza, andava bene per lui.»

Continuando ad ammirare la finezza del pizzo, Angela dissente.

«Questi indumenti così provocanti non possono essere di Rosa, lei era una ragazza semplice, timorata di Dio; doveva esserci qualcun'altra. Magari una che si intratteneva poco: si metteva in négligé per qualche ora e poi via, di nuovo a casa sua.»

«Una... Una... Donna di mestiere?» balbetta Lucia.

«Forse! Ma riusciva a rendere felice nostro fratello? Come avrei voluto potergli parlare», riflette ad alta voce Angela cedendo alla malinconia. «Sentivo che qualcosa lo turbava, ne ero più che certa, ma sai com'era furioso, aspettavo sempre il momento opportuno che non arrivava mai. Avrei dovuto osare, buttargli in faccia le domande che tenevo in serbo per il famoso momento giusto e guardarlo negli occhi, capire!»

«Certo, ma non è andata così, e poi chi ti dice che aveva problemi? Secondo me se la spassava benissimo con la sua bella» dice con una punta d'astio Lucia. «Adesso andiamo, l'appuntamento all'obitorio è fra un'ora e dobbiamo ancora cercare una pensioncina per questa notte. Per oggi ne ho abbastanza di queste quattro mura.»

«Sì, anch'io sono stanca, andiamo. Aspetta, aspetta un attimo: c'è qualcosa qui in fondo all'armadio, una scatola di cartone.»

Una cordicella tiene saldo il coperchio. Angela la slaccia, trova delle scarpacce consumate e sporche e le toglie.

«C'è qualcosa d'altro, un sacchetto di stoffa...»

«Dai andiamo!» sbotta Lucia con tono pressante. «Rimetti la cordicella e portatela dietro!»

Varcano assieme la soglia dell'obitorio, passo e battito del cuore in accordo, lasciando che il freddo nell'anima si mescoli con quello della camera mortuaria. Angela stringe al petto la scatola in legno, Lucia regge la valigia con i loro indumenti e il cambio bello per vestire il defunto. Accanto alla bara il sindaco, sull'altro lato un altro uomo. Il sindaco va loro incontro, le saluta e presenta Tonio, un amico di Mario. Sono poi invitate ad avvicinarsi alla salma adagiata su un tavolone.

Compiere gli ultimi passi è stato così difficile e, ancora un attimo prima di togliere il lenzuolo dal viso, sperano di poter dire: no, non è lui.

«È bello, è sereno», dicono invece, ma piangono.

Verso sera, anche il rimpatrio della salma è concordato.

Cenano dalla cugina anziana, ormai vedova. Un pasto buono e triste. Avrebbero potuto dormire nella vecchia camera di Mario, ma la cugina ben comprende il loro rifiuto.

Nella piccola pensione deserta e silenziosa possono finalmente gettarsi sul letto, la scatola di cartone sul comodino di Angela.

I loro pensieri aggrovigliati proliferano e si scagliano disordinati in ogni direzione. Ne afferrano uno ed eccone un altro a rubargli il posto, non ne vengono a capo.

Lucia rompe il ghiaccio. Un sussurro rivolto al soffitto. Dopo un lungo silenzio e un sospiro la sorella risponde; la voce, un soffio che accarezza l'aria.

Ben presto dall'una e dall'altra le parole escono inarrestabili, leggere ma dense, come nebbia che sale da una vallata. Il flusso sembra non volersi dissolvere.

È più facile così, senza guardarsi negli occhi, per non scorgere nell'altra lo stesso disagio che avrebbe confermato il proprio. Angela immagina il cielo oltre il soffitto: le è d'aiuto per riordinare i pensieri.

«Chissà se aveva altri amici oltre a quel Tonio che abbiamo conosciuto all'obitorio.»

«Mah, non credo, Mario era schivo, preferiva rimanere solo. E poi era così scorbutico!» risponde Lucia.

«E la Rosa, che fine avrà fatto? Mario ha mandato tantissime cartoline dai loro viaggi e poi, di punto in bianco, più niente. Se gli si

chiedevano spiegazioni, aveva sempre delle scuse.»

«Forse erano ancora assieme e hanno semplicemente smesso di andare a zonzo.»

«Non dire scemenze Lucia, ne abbiamo già parlato. C'era un'altra donna, ne sono sicura!»

«Non lo sapremo mai! Mi chiedo anche come, dove e cosa mangiasse, a giudicare da ciò che abbiamo visto si nutriva solo di brodo.»

«Credo che mangiasse davvero poco, ti ricordi quando a casa diceva che una minestra come quella fatta da nostra madre se la sognava? Non parliamo poi della carne, secondo lui non se la poteva permettere.»

«Me lo ricordo, ma noi non gli credevamo. Povero Mario!»

Mentre il cielo immaginato da Angela richiama ad est la brillante Venere, possono finalmente guardarsi negli occhi. Per allentare la tensione, come spesso capita tra loro, ridono. Un riso innescato da una battuta maliziosa, un riso lungo, inarrestabile ma stanco. Solo dopo, il cielo ormai chiaro, con animo più leggero, possono finalmente addormentarsi.

A mattina inoltrata, dopo aver dormito qualche ora, ritornano nel monolocale per sbarazzare la poca roba.

«Prima di cominciare, guardiamo che cosa c'è nella scatola.»

Se la sono portata appresso dal giorno prima, senza averci più dato nemmeno una sbirciata. Angela, nel sollevare lentamente il coperchio, tradisce un certo timore.

Nel sacchetto di stoffa c'è un reggiseno. Lo sfila, poi toglie il giornale rosa accartocciato nelle coppe a mantenerne la forma.

«Accidenti se era maggiorata la tipa!» e lo getta sul letto. Subito capiscono che non poteva essere dell'esile Rosa, ma non commentano; l'occhiata scambiata tra loro le trova d'accordo.

«Ma guarda, un doppiofondo di cartone» e lo solleva. Angela trova un quaderno nero riempito da una scrittura obliqua ed elegante: la grafia di Mario.

«Mi sembra un diario.»

Passano ore. Leggono a turni, sottovoce, una accanto all'altra.

Il lunedì sera, al ritorno dal lavoro, Mario trovò sul letto la biancheria lavata e stirata: una pila di mutande blu, una di bianche, alcune canottiere, un paio di camicie e diverse paia di calze. Tutti i suoi panni sporchi gli sono stati restituiti che sembravano nuovi.

Aveva spalancato la porta della camera e si era lasciato abbracciare dal profumo di pulito; un misto di lisciva, amido e lavanda che la cugina amava mettere nel taschino delle camicie.

Prima di lavarsi riordinò il tutto nell'armadio, poi avrebbe indossato la camicia scozzese pulita e, dopo cena, sarebbe uscito.

La discussione avuta con i cugini aveva saputo scuoterlo. Da giorni, sul lavoro, non aveva pensato ad altro. Doveva darsi una mossa, staccarsi da quella stanza che lo tratteneva ogni sera con più forza; prima o poi l'avrebbe fagocitato. Rabbrividì.

Si asciugò energicamente le braccia forti, il torace, e intanto si spostò davanti all'armadio per vestirsi. Decidere che quella sera sarebbe uscito, era stato come liberarsi di un peso allo stomaco, al suo posto un'eccitazione improvvisa, un formicolio frizzante.

«Strano, la camicia scozzese non c'è, di certo non metterò quella della festa.»

Dispiaciuto, indossò una maglietta blu, un po' meno elegante ma pulita, poi scese a cena.

Mangiò in fretta, un po' per l'agitazione ma soprattutto perché voleva attraversare la piazza e raggiungere l'osteria presto, prima che potesse brulicare di gente. Sarebbe stata una tortura camminare con addosso lo sguardo curioso di decine di occhi, e poi preferiva incontrare la cameriera senza tanti spettatori.

Uscì, si soffermò sull'uscio di casa, si accovacciò e sistemò le stringhe delle scarpe a testa bassa; gli occhi, attenti, fecero il giro della piazza. Nessuno. Si rialzò e, le mani in tasca, si avviò rigido, a lunghe falcate, sfiorando con la testa un ramo basso del castagno.

Si sedette al banco. Un anziano sorseggiava il suo grappino a un tavolino in fondo alla sala, ma sembrava interessato solo a sé stesso; lo sguardo rabbuiato, si accarezzava la barba. Dopo ogni sorso per abitudine schioccava la lingua.

Fu lei a parlare per prima. Senza colore disse: «Bevi qualcosa?».

«Un caffè.»

Lui sorseggiava e stava zitto, lei riprese lo strofinaccio che aveva appoggiato al bancone quando lo aveva visto arrivare e asciugò i bicchieri degli aperitivi, lo sguardo volto alla piazza.

"Meglio così!" pensò Mario. "Senza rimpianto, senza rancore né voglia di spiegazioni che nessuno pretende più."

Sentiva che era la cosa più giusta da fare: dimenticarsi dello sgarbo subito, della trepidazione e della speranza in una promessa, scordarsi dell'attesa sui gradini caldi, animati da lucertole.

Soli o a gruppi arrivarono a scaglioni i giovani del paese e qualche collega della fabbrica. Nel vederlo, c'era chi si bloccava per un istante e poi fingeva di non averlo notato e chi era meno imbarazzato: «Ohi, chi si vede!».

La serata era calda e, anche se la notte era calata da tempo, alcuni giovani ridevano e scherzavano sotto il castagno. C'era anche Mario, un po' taciturno ma era lì, a ricostruirsi la reputazione nel gruppo.

Quando rientrò, sotto una luna sfacciata, aveva il passo elastico e le braccia oscillavano mollemente lungo il corpo seguendone la cadenza. Entrò in casa senza fare rumore. Il piede sul primo gradino della scala che portava in camera, si ricordò della camicia scozzese. Forse la cugina l'aveva dimenticata sui fili dello stenditoio; decise di accertarsene.

Salì agilmente le scale in sasso che arrivavano fino al pianerottolo da cui si accedeva alla sua camera; da lì in avanti avrebbe dovuto essere leggero come un gatto: le scale dei piani superiori erano in legno. Si sfilò le scarpe e iniziò a salire cercando di non provocare scricchiolii, passò con attenzione davanti alla camera dove dormivano i cugini e salì ancora. Arrivò in un grande stanzone tiepido, proprio sotto le tegole del tetto.

Il chiarore lunare penetrava dalle finestrelle tonde e si miscelava al buio del sottotetto creando un impasto lattiginoso. Batteva sui capi bianchi appesi ad asciugare generando un luccicore che si animava appena al tocco di una tenue corrente d'aria proveniente dal basso. Un brivido gli corse lungo la schiena: perduto fra i fantasmi che ondeggiavano, chi senza braccia, chi senza gambe, rimase imbambolato tra la suggestione e la realtà, attratto da quello spettacolo surreale.

La camicia scozzese gli apparve all'improvviso mentre avanzava tra le file di biancheria, dimenticata accanto a una vestaglia estiva in seta bianca. Prelevò la camicia, si avviò verso la scala, poi ci ripensò, attratto da un desiderio nuovo: accarezzare quella vestaglia così lucida, luminosa, morbida. Aveva il colore della luna ed era leggera come l'aria. La soppesò, la distese e poi, obbedendo a un impulso tanto sconosciuto quanto assurdo, la accartocciò e se la infilò sotto la maglietta. Sempre soggiogato da quel bizzarro ardore, riappese al filo la camicia e tornò in camera.

Alla luce fioca della luna, tirò fuori la vestaglia spiegazzata e la distese meticolosamente sul letto; sapeva di sapone di Marsiglia. Si svestì, si infilò l'indumento e lasciò che il corpo nudo godesse del suo contatto. Si specchiò. Più che vedersi si indovinava; viso, braccia e gambe riflettevano poco la luce notturna, ma l'elegante vestaglia rispondeva alla luna brillando d'un bianco bagnato.

Si girò e rigirò cercandosi fra le macchie nere dello specchio e scoprì che si piaceva. Risistemò la cintura, affondò le mani nelle ampie tasche, le tolse, passò più volte i palmi sulla seta liscia, poi sentì qualcosa, una piccola increspatura, un fastidio. Incuriosito, accese la lampada del comodino. Sul bordo di una tasca trovò le iniziali della donna, ***cr***, ricamate con discrezione e buon gusto. Prima di dormire ripose l'indumento nell'armadio, accuratamente nascosto.

La mattina, quando scese a colazione, si sentiva scosso, diverso, sorpreso da sé stesso e schiacciato da una vergogna profonda, che avvampava quando incrociava la cugina. Doveva concentrarsi per apparire quello di sempre, pieno di energia e di voglia di lavorare. Mentre parlava con la donna, poche parole come sempre, rifletteva.

E continuava a farlo mentre lavorava, e più pensava, taciturno, i lineamenti del viso contratti, più muoveva le mani fra le spighe di orzo che galleggiavano nelle vasche d'acqua, rivoltandole, come faceva sua madre per sciacquare i panni al ruscello. Quella notte un impulso violento l'aveva spinto a fare ciò che aveva fatto, complice, forse, la luna. Non trovava altra spiegazione, nessuno a cui dare la colpa se non al misterioso corpo celeste, con la sua luce fredda ma decisa, così sfacciata da frugare nell'intimità della notte, così audace da disseppellire desideri insospettati.

A cena la cugina, mentre serviva la minestra, accennò alla sparizione: «Non trovo più la mia vestaglia, quella bella, di seta. Eppure, sono convinta di averla appesa sopra ad asciugare».

«Non è la prima volta che sei convinta di una cosa sbagliata, salterà fuori, vedrai», replicò suo marito.

Il cuore di Mario, a quello scambio di battute, iniziò a galoppare. Si chiese come aveva potuto sottovalutare le conseguenze di quel furto imbarazzante. E se lei avesse capito tutto?

"Non è possibile", pensò poi. "Al massimo sospetta, sì, sospetta, ecco perché mi guarda in modo diverso, penetrante." Si confortava al pensiero di aver riappeso la camicia scozzese ai fili per l'asciugatura, in caso contrario il dubbio della donna avrebbe potuto trasformarsi in certezza, ma subito si rabbuiava. "E se andasse a frugare nel mio armadio?"

Mario si gettò sul letto esausto; doveva trovare una soluzione, ma l'enorme sforzo profuso per controllarsi durante quell'interminabile cena e apparire quello di sempre lo aveva stremato. Si addormentò quasi di colpo, vestito e con le scarpe ancora allacciate, senza aver trovato una via d'uscita.

Venne svegliato da uno schianto; spaventato si mise a sedere, non capì cosa fosse accaduto né cosa ci facesse a letto vestito. Un borbottio sordo fece vibrare il pavimento di legno e, finalmente, lo scroscio assordante della grandine che batteva con violenza sui vetri lo svegliarono completamente. Di colpo seppe cosa fare. Appallottolò la vestaglia per infilarla nuovamente sotto la maglietta, scese le scale in punta di piedi e si gettò nel temporale. Corse nel chiarore dei lampi sotto una cascata di pioggia frammista agli ultimi chicchi di grandine. Arrivò al castagno, lo aggirò, si schiacciò dentro la cavità del suo enorme tronco.

Sapeva che l'albero custodiva una sorta di caverna, l'aveva scoperta quando gli era girato attorno esplorandone la corteccia. Ne ignorava però l'ampiezza. Buttarsi là dentro, dunque, era stato un azzardo. Le braccia allacciate attorno alle gambe, il mento sulle ginocchia, ascoltava il prolungarsi fiacco dei tuoni in lontananza.

La notte avanzava e la pioggia si era ritirata, mentre lui era sempre lì a riempire quel buco d'albero, compresso come "*la mascarpa in bògia*" che guai se vi rimane una bolla d'aria. Rannicchiato su sé stesso da far male, liberò il proprio corpo dal dolore, dalla vergogna e dalle domande che, per ora, non potevano avere risposta. Finalmente prese l'indumento di seta e lo affidò all'albero, incastonandolo come una gemma preziosa nel suo grembo.

* * *

Una mattina, mentre si radeva, si dilungò nell'osservare i particolari del proprio viso riflessi nello specchio. Con cura schiacciò i punti neri della pelle e si tamponò le zone arrossate con getti d'acqua fredda. Sorrise, colto un po' di sorpresa dalla sua stessa mania. L'eccessiva cura di sé lo obbligava ad alzarsi molto presto per non arrivare tardi al lavoro e quando ci arrivava, pelle liscia, unghie pulite, capelli impomatati, gli altri lo guardavano con sfrontata curiosità.

«Bravo Mario», sbottò una sera la cugina. «Sei diventato un bell'uomo e ti tieni proprio bene. Sei sicuro che sia il lavoro che fa per te quello alla fabbrica? Lo so che lavori tanto e bene, ma ti vedrei meglio con in mano carta e penna.»

Per tutta risposta, lui arrossì.

La sera, qualche volta, se ne andava all'osteria della piazza per fare quattro chiacchiere, ma soprattutto per conservare un'abitudine che aveva ripreso a fatica. Si sforzava di comportarsi come tutti cercando di imitare il rozzo atteggiarsi dei più sfrontati.

Ma non gli veniva bene, e prima di lui se ne accorsero gli altri che trattenevano a fatica la voglia di deriderlo, lasciandosi però scappare occhiate che mandavano lampi luccicanti carichi di ironia che lui fingeva di non cogliere.

Le giornate estive persero forza e l'autunno rubò loro un po' di luce calda per ridipingere il bosco, il lago, persino le facciate delle abitazioni. Il castagno aveva sottratto al sole un po' di giallo e ravvivava la piazza che, nel tardo pomeriggio, sembrava sparire nelle ombre lunghe delle case.

La gente all'osteria si soffermava poco all'esterno, i ragazzotti più briosi formavano ancora un capannello prima di avviarsi verso casa ma erano meno audaci, avevano smussato l'eccessiva esuberanza nel raccontare avventure eroiche, e anche la baldanza ostentata per sedurre si era attenuata. L'aria calda della sera, così carica di profumi, si era ritirata; sarebbe tornata in primavera a riaccendere i loro animi finché sarebbero stati di nuovo travolti dalla smania di vivere e di amare.

Mario lavorava con l'impegno e la voglia di sempre e non si affaticava nemmeno tanto. Da qualche tempo però, dopo il lavoro, si lasciava cadere sul letto e a malapena si rialzava per lavarsi e per scendere a cena. Poi, riconquistando all'istante la vecchia abitudine di disertare le visite al bar, si rifugiava in camera.

"Mi sento nella testa una forte stanchezza, perché mai?" si chiedeva.

Il bisogno di capirsi lo obbligò a compiere uno sforzo di introspezione, frugando nelle sue emozioni. Vi trovò l'insuccesso nell'arte della seduzione, il senso di inadeguatezza, le tacite derisioni dei ragazzi della piazza, la freddezza della cameriera, l'orgoglio ferito e la vestaglia.

Ma alla storia della vestaglia ci pensò appena.

❋ ❋ ❋

L'inverno, con il freddo umido e la poca luce, scialba, che le corte giornate portavano con sé nello scorrere via veloci, era triste.

Mario si sentiva malinconico, parlava poco, solo quello che doveva con i colleghi e per educazione con i cugini.

Sacrificava il fisico lavorando in modo esagerato, obbedendo alla necessità di consumarsi di fatiche e di bruciare un'insistente inquietudine.

Ancora non riusciva ad accettare pienamente l'insopprimibile bisogno di dedicare a quel viso marcato, dai lineamenti forti, tanta cura. Fino a qualche mese prima si rasava con noncuranza di fronte al vecchio specchio appeso sopra il lavandino. Anch'esso, con l'argentatura danneggiata come quello applicato all'anta dell'armadio, rimandava la sua immagine a pezzi. Ora invece si spostava su, giù, di lato, nel tentativo di ricostruire l'interezza del suo viso.

Ogni sera, col naso appiccicato alla finestra, cercava risposte in una muta discussione col castagno.

Mario osservava la robustezza dell'albero spoglio, la sua essenzialità, il senso di vigore che trasmetteva. Ma ancor più era affascinato dal mistero della sua metamorfosi. Gli sembrava impossibile che potesse tornare verde, frondoso, e che le sere d'estate, con la brezza che sarebbe salita dal lago, avrebbe ripreso a danzare esibendo la sua grazia. «Come ti senti nell'essere nudo in mezzo alla piazza?» chiese Mario da dietro la finestra chiusa, con un'esitazione nella voce. «E come ti sentirai poi a primavera quando, vestito di nuovo, non esiterai a mostrarti?»

Come avrebbe voluto che potesse rispondergli!

Mancava poco a Natale. Da quando era arrivato in paese a inizio primavera, il giovane non aveva ancora avuto vacanze, per questo il cugino gli concesse un sabato libero.

«Vai Mario», gli consigliò. «Prendi la corriera e vai in città, ci sarà mercato e forse potrai trovare qualche regalo per i tuoi. Non vorrai mica tornartene a casa per Natale a mani vuote!»

Il mercato era così grande che gli sembrava un paese. La gente così tanta che all'inizio gli toglieva il respiro. Dopo essersi guardato attorno per abituarsi alla novità, decise di buttarsi nella mischia. Il flusso di persone procedeva lentamente, lui non conosceva nessuno e nessuno lo riconosceva, nessuno sapeva da dove venisse. Gli sguardi della gente passavano sul suo viso e andavano oltre. Nel camminare gli capitava di urtare qualche sconosciuto, sfiorava corpi imbottiti, un sedere morbido, una schiena, cosce, ma senza malizia, solo per il piacere di sentirsi vivo fra i vivi. Percorse il mercato da cima a fondo, felice di sentirsi uno qualunque: uno sconosciuto nella folla.

Poi tornò indietro, ripercorrendo lo stesso tratto e finalmente si soffermò a curiosare fra le bancarelle. Per lui era tutta una novità, ma scegliere dei regali era davvero difficile. Non sapeva valutare, non riusciva a decidersi, aveva troppi fratelli, di ogni età, com'era possibile trovare per ognuno qualcosa di adatto senza spendere troppo? Prese fra le mani alcuni burattini scolpiti nel legno e dipinti con colori forti.

"Forse per Sandro", pensò. "Ma se poi non ci gioca, soldi buttati. E per le ragazze? Madre mia, che faccio?"

La giornata scivolò via veloce, l'esitazione lo stava esasperando.

«Olio, olio dei nostri ulivi, venite signori, prima gustate e poi decidete!»

La voce femminile, forte, convincente, lo attirò. Si girò; una donna alta, scura, con un bel viso regolare e con i capelli intrecciati raccolti sulla testa, sbandierava una bottiglia di olio d'oliva in una mano e del pane in un'altra. Gli ricordava sua madre, solo che lei, riservata com'era, non si sarebbe mai messa a sbraitare a quel modo. Mario si manteneva a una certa distanza ma lei, che aveva notato il suo interesse, lo incoraggiò allungandogli un boccone di pane imbevuto di olio.

Quel giallo intenso, che si spandeva in bocca come una goccia di sole grasso, con un sapore forte e buono, di terre calde, gli suggerì l'idea di un regalo perfetto.

La signora che somigliava a sua madre era riuscita, inconsapevolmente, a trarre d'impaccio quel timido giovanotto. Affrettò il passo soddisfatto, con un cestone carico di prodotti locali: olio di oliva, confettura di fichi, pasta dalle diverse forme, riso e persino un po' di grappa per suo padre. Un regalo che andava bene per tutti. La corriera sarebbe partita da lì a una mezz'oretta, Mario aveva ancora un po' di tempo per godersi il mercato.

Il ricordo di sua madre gli girava nella testa, forse per via della signora che le assomigliava, o perché di lì a qualche giorno l'avrebbe rivista e lui aveva parecchio da farsi perdonare.

In una delle ultime bancarelle, proprio alla fine del mercato, fra vari indumenti di biancheria intima femminile appesi in esposizione, uno scialle di lana lavorato all'uncinetto irradiava con prepotenza il suo bel lilla, attirando gli sguardi.

«Quasi quasi lo prendo!» disse a mezza voce, mentre reggeva il pesante cesto. La venditrice impacchettò lo scialle e intanto lo osservava. Il cestone per terra e il borsello tra le mani, Mario stava fissando, con troppa insistenza, un reggiseno di pizzo dal pallido colore della pelle.

«Bello, eh?» lo stuzzicò la venditrice.

A quella voce ebbe un sussulto, avrebbe voluto fuggire come un ladro; aveva sentito le guance diventare di brace.

«Ti piacerebbe regalarlo alla fidanzata, vero? Dai, prendilo va, che ti vengo incontro sul prezzo.»

Quasi senza aspettare risposta, infilò il reggipetto in un elegante sacchetto di stoffa.

«Ecco bel giovanotto, ti regalo anche una borsa speciale. L'ho fatta io, sai?»

Seduto in fondo, con i regali accanto, Mario si lasciava sballottare dalla corriera che sembrava infischiarsene dei buchi disseminati lungo la strada. Gli scossoni stranamente gli favorirono il sonno.

Il sogno breve, ma così intenso che gli sembrava vero, l'aveva trasportato in un campo di fiori dai tanti colori e tra di essi Martina, con i suoi vestiti sporchi e trasandati e la secchia per la mungitura sul braccio come fosse una borsetta; come lo vide gli offrì un sorriso largo, sdentato, sincero.

Si risvegliò alla voce dell'autista che annunciava una fermata: era la sua. Afferrò cestone e pacchetti e rientrò a casa in preda a un raro ottimismo, merito certo di quello strano sogno.

«Mi sembri soddisfatto», gli disse la cugina mentre cenavano. «Ti è piaciuto il mercato, eh! Hai poi trovato qualcosa per la tua famiglia?»

A quella domanda anche il marito, fino a quel momento corrucciato e pensieroso a causa di qualche problema di lavoro, alzò la testa e osservò il ragazzo.

Più loquace del solito, Mario raccontò la sua giornata di svago, di quanta gente c'era e della donna che assomigliava a sua madre. Disse poi dello scialle e, respingendo il ricordo dell'intimo che si era portato appresso, si dilungò sul colore, sul materiale e sulla fattura eseguita all'uncinetto. Nell'affrontare l'argomento si lasciò sfuggire un suono in falsetto, sibilato tra le labbra come fuoriuscito da una pentola a pressione.

"Chissà cosa nasconde!" pensò la cugina, che aveva notato quella nota alterata.

Mario colse all'istante il cambiamento di atteggiamento della donna: notò la fronte leggermente corrugata, gli occhi appena più vicini tra loro e lo sguardo divenuto scuro, penetrante; se l'era sentito addosso più volte dopo l'episodio della vestaglia scomparsa. Anche questa volta non gli piacque, ma doveva ammettere che la cugina, con i suoi sospetti, aveva fatto centro.

Erano mesi che Mario non si fermava dopo cena a conversare con il cugino: siccome il giorno seguente sarebbe tornato a casa per trascorrere le feste natalizie, gli sembrava giusto usare questa premura. L'uomo e il ragazzo parlarono soprattutto di lavoro, con pacatezza, e a Mario spiacque di non essersi intrattenuto più spesso, abbandonato sulla poltrona a raccontare di birra e di orzo, degli operai e dei fornitori che non di rado si soffermavano volentieri a scambiare qualche battuta con loro. Nel discorrere già si gustava le parole di apprezzamento, sicuramente discrete, che gli sarebbero state rivolte. Sapeva di essere un buon operaio e sapeva anche che il padrone amava rimarcare, seppur in modo velato, l'atteggiamento dei suoi dipendenti, nel bene e nel male.

La cugina, intanto, portò i digestivi e più tardi le tisane per conciliare il sonno. Mentre serviva, sperava di riuscire a catturare qualche frase, o anche solo una parola che l'aiutasse a soddisfare la curiosità.

Prima di coricarsi Mario preparò i bagagli; sarebbe partito di buon'ora per affrontare a ritroso il viaggio compiuto parecchi mesi prima. Mentre cercava di sistemare i regali, venne colto da una forte emozione: tanta era stata la voglia di lasciare il suo paese, tanta quella di ritornare. Era già piuttosto tardi quando si cambiò per la notte e fece un ultimo controllo nell'armadio prima di mettersi a letto.

Nell'accostare l'anta, con la coda dell'occhio gli sembrò di scorgere un indumento fuori posto. Riaprì. Il pacchettino di stoffa sbirciava da sotto la camicia da lavoro come se si fosse spostato da sé con l'intento di riaprire lo strappo che, una notte, aveva ferito la sua anima o, forse, per impedire che si rimarginasse.

Quasi con rabbia, Mario lo tolse dall'armadio.

"Non dovevo vederlo, volevo dimenticarlo", pensava mentre stringeva quel sacchetto che penzolava molle, come morto, esprimendo totale estraneità al suo ritrovamento.

Ma ora che le sue dita indovinavano, golose, l'indumento nascosto tra le pieghe della stoffa, Mario si arrese all'assillo che lo tormentava e intuì che, forse, dopo quel cedimento non avrebbe avuto più pace.

* * *

Le grandi mani di uomo fatto sfilarono tremanti l'indumento color carne. Non ne aveva mai visto uno così da vicino, con elastici, pizzo e gancini; lo trovava strano e lo fece sorridere. Si levò in fretta la tunica del pigiama e avvicinò il reggiseno al torace. La signora del mercato doveva aver immaginato una fidanzata piuttosto in carne, nonostante ciò gli riusciva difficile agganciarlo. La stoffa era talmente tesa che le coppe si appiattirono; sgonfie come palloni bucati, spiccavano inutili sul petto villoso.

Si avvicinò allo specchio.

Sul primo, si trovò ridicolo. Come non trovarsi tale con quell'indumento che avrebbe dovuto esaltare un corpo femminile? Quel reggiseno vuoto lo rattristava; recuperò allora una vecchia edizione della "Gazzetta dello Sport", dimenticata sul comodino da settimane, accartocciò alcune pagine e imbottì le coppe che trasformarono il loro pallore in un bel rosa; quindi, si rimise la giacca del pigiama.

Messo così era tutta un'altra cosa, si passò le mani sul petto ridisegnato percorrendo le nuove linee curve. Visto un po' da lontano, con la luce smorta che sfumava e addolciva, pareva proprio una donna. Il vecchio specchio gli restituì un'immagine frantumata, ma lui si guardava e rimirava, si sistemava le coppe, ondeggiava avanti e indietro rapito dal vivido miraggio, vaneggiava.

Qualche schiamazzo giù in piazza lo distrasse, tornò in sé. Sapeva che d'ora in poi non avrebbe più potuto fingere con sé stesso, si era spinto troppo avanti e, seppur sgomento da questa esperienza, si dispiaceva di non avere di che riempire quei gusci vuoti.

* * *

Quando ancora faceva buio, dopo una notte insonne e tormentata da domande senza risposte, montò con insolito impaccio sulla prima corriera, con la valigia e i regali. Non erano i bagagli a incurvarlo come se portasse un peso straordinario, bensì la consapevolezza di non avere più scampo: aveva davanti a sé cinque ore di niente durante le quali lasciarsi trasportare, quasi una giornata per fare a pugni con il suo destino.

Tappa dopo tappa il veicolo caricava gente, ma nessuno gli si sedeva di fianco. Sembrava che i passeggeri intuissero la sua pena e non volessero esserne contagiati, lo rifuggivano.

Per Mario andava bene così, non era in vena di condivisione, tantomeno di chiacchiere. Voleva scrutare dentro il pesante fardello con calma, senza distrazioni.

Poteva essere stato il leggero beccheggiare del veicolo, dentro e fuori dalle buche; o forse l'ombra, residuo della notte, che aggirandosi fra gli spazi nascondeva, isolava; o la vergogna che, dalla sera prima, aveva invaso il suo ventre tanto da averlo costretto a saltare la colazione; poteva essere stato tutto questo, o altro ancora, a indurlo a esprimere con voce appena udibile un pensiero semplice e chiaro. Pareva una frase fatta, una di quelle lette a un imputato in attesa della sentenza; sussurrata, è vero, ma abbastanza per avvertirne il tono cupo, da condanna: «Mario, primogenito di una sequela di figli, sostegno pecuniario e futuro capostipite della famiglia, si sente donna».

Eccolo finalmente formulato il pensiero che a lungo aveva tentato di farsi breccia nella sua testa. Era così semplice, tre parole soltanto: si percepiva donna o avrebbe voluto esserlo, ancora non era giunto a tanta chiarezza.

Si sentiva meglio, non per ciò che ora sapeva, ma per aver lasciato che la verità venisse finalmente a galla.

Lanciò uno sguardo dal finestrino, il lago era laggiù, liscio come una tavola. Gli sembrava di vedere qualcosa all'orizzonte, fra cielo e acqua. Forse un legno che galleggiava? O era un corpo? Strabuzzò gli occhi. Fosse stato un corpo, il lago l'avrebbe restituito affinché qualcuno se ne potesse occupare. Anche la sua verità, spinta in superficie dalla disperazione, ora era lì, in attesa che lui facesse qualcosa: rianimarla, forse camuffarla; di certo sarebbe stato impossibile ricacciarla giù, tra le cose nascoste o sconosciute.

Richiuse gli occhi, desiderando di riposare.

* * *

Tutti avevano atteso il suo ritorno e Mario stesso era contento di riabbracciare genitori e fratelli.

I suoi doni speciali, così abbondanti e ricchi, avevano addolcito i loro animi. Il giovane, commosso, notò come tutti si fossero dimenticati di aver dovuto sopportare momenti difficili per causa sua, e si godette il beneficio dell'indulgenza natalizia.

Il lilla dello scialle gridava la sua allegria: nella cucina ingrigita dal fumo e visitata dalla luce sporca che una giornata di neve dispensava, la donna era una fiaccola accesa; per Mario quella visione era come un messaggio d'amore assordante, più di tante parole, così avare in quella casa.

I giorni di Natale erano benevoli, cambiavano le cose, la vita sembrava come la si sarebbe sempre voluta, c'era più armonia e persino più cibo. Era proprio quello di cui Mario aveva bisogno, dopo i patimenti degli ultimi mesi. Anche se di tanto in tanto il malessere spingeva e chiedeva attenzione, il giovane riusciva a dominarlo.

Intanto la neve, che aveva preso a cadere copiosa, sembrava suggerire serenità, coprendo, acquietando. Veniva giù leggera ma veloce e i ragazzi, col viso appiccicato alla finestra, guardavano in su e ridevano. Gli occhi fissavano un punto del cielo. Il movimento dei fiocchi che cadevano creava loro l'illusione di salire.

«Vado su, vado, oh, adesso volo» si eccitava Sandro. «Dai, vieni Mario.»

Lo accontentò, ma non avrebbe dovuto farlo.

Non seppe resistere alla forza ipnotica dei fiocchi di neve. Guardò in su, gli occhi lacrimavano dal tanto tenerli spalancati, i gridolini di Sandro si fecero sempre più lontani. Sentì che presto sarebbe stato inghiottito da quel cielo sfumato, senza confini, che sembrava venirgli incontro. Perso nell'ossessivo andirivieni fra cielo e terra l'autocontrollo si infiacchì, liberando ricordi indesiderati.

Angela se ne accorse. Le bastò solo un'occhiata per leggere gli impercettibili cambiamenti d'espressione di suo fratello. L'incantesimo del Natale era dunque già finito?

La ragazza scrutava il volto del fratello in silenzio, ferma come una statuina del presepe che c'era di là, sotto l'albero in festa. Poi gli si avvicinò e lo toccò appena, come per caso. Mario sussultò, neanche l'avessero sorpreso a rubare. Angela si accorse anche di questo.

Lucia, nel frattempo, era intenta a riattizzare il fuoco per preparare la merenda, che solo nei giorni di festa veniva condivisa da tutti.

«Venite, il tè è pronto.»

Gemma, avvolta nel caldo abbraccio lilla, si sedette accanto al marito, i più piccoli arrivarono di corsa, irruenti, seguiti dagli altri; erano di nuovo al completo, c'era ancora la gioiosa atmosfera di un tempo, solo Mario era l'unico ad avere negli occhi un'ombra stanca. Gemma se ne accorse e cercava di capire; poi, maldestra, fece un gesto repentino e lo scialle le scivolò di lato finendo sul pavimento. Il giovane osservava la scena con timore, come se lo scialle, scomposto sulle piastrelle della cucina, fosse stato segno di malaugurio; Gemma lo raccolse, lo scosse e se lo posò nuovamente sulle spalle.

Mario aveva qualche giorno di congedo in più, il suo padrone era stato molto comprensivo. In famiglia avevano bisogno di lui per la *mazza* del maiale che quell'anno, per non abusare della bontà del cugino, si era deciso di fare prima del solito.

Le feste erano passate da qualche giorno e con esse quella sana rilassatezza fatta di un ozio senza rimorsi. Aveva nevicato oltre misura, tuttavia durante la notte il cielo si era spazzato. Mario non riusciva a dormire; aprì la finestra della camera e una ventata gelida lo investì. Rabbrividì, una sensazione piacevole. Si allungò oltre il davanzale, la pelle nuda tonificata dal gelo; era ancora buio, la luna aveva acceso il manto nevoso che appariva percorso da un fremito luccicante; forse, il suo Natale era quella notte.

Uscì di casa all'alba, la luna tonda si imponeva ancora nel freddo celeste mattutino, il brillio si era già disciolto.

Mario avanzava a fatica verso la cascina, la neve gelata scrocchiava sotto il peso dei suoi passi. Il giorno prima, suo padre aveva riempito d'acqua la caldaia, era tempo di accendere il fuoco. Poi si avviò verso il ripostiglio degli attrezzi, vicino al pollaio.

Quando si illuminò la cucina e la figura di Gemma apparve e scomparve dietro il vetro offuscato dal ghiaccio, lui aveva già spalato le vie per poter accudire le galline e accedere alla legnaia. Gli era venuta fame e decise di condividere la colazione.

Lucia si affrettava a mangiare, era apprendista anche lei ora, di sartoria, e l'autopostale partiva presto. Poi arrivò Angela con già il grembiule di scuola addosso, stropicciò gli occhi assonnati e si sedette con gli altri.

«Ciao», disse solamente, ed era già tanto per lei che, se avesse potuto, avrebbe consumato la colazione in solitudine, a godersi il suo muso lungo senza dover sopportare i fastidiosi motteggi dei fratelli.

Durante la colazione c'era un vociare diverso, un'eccitazione fertile, dove ognuno proponeva, organizzava.

«Dopo ricontrolliamo gli attrezzi per la *mazza*» propose Mario rivolto al padre. «Non c'è bisogno che lo zio ci aiuti, è già abbastanza che venga per il lavoro pesante.»

«Sì, va bene, ora finiamo di mangiare.»

Intanto Gemma correva avanti e indietro, a chiamare un figlio, a incitare quell'altro: «Forza, Lucia, dai che l'autopostale parte! E tu Angela, riporta la collana in camera tua, non vai a scuola così, e già che ci sei lascia di sopra anche quel brutto broncio».

«Ciao, vado», disse Lucia attraverso la sciarpa che si era girata attorno al collo e alla bocca.

«Fila che è tardi!»

«Ciao», risposero tutti gli altri, pronti a uscire, e Angela che stava risalendo le scale.

«Ah, quasi dimentico», annunciò Gemma. «C'è una gallina malandata...»

La ragazza si arrestò a metà scala. Incuriosita dall'argomento, le orecchie tese, si mise all'ascolto.

«...che zoppica da qualche giorno. È piuttosto vecchia, dopo aver ucciso il maiale, uccidete anche lei.»

Angela sciolse prematuramente il suo broncio mattutino e con un sorriso sornione appoggiò la nuova collana di perline sul comodino, si imbacuccò e se ne andò pensando che per fortuna di sabato c'era solo mezza giornata di scuola.

Mario e suo padre avanzavano nella neve alta e ghiacciata. Il ricordo della sua prima volta, quando impaurito camminava nelle orme di suo padre, era ancora fresco, ma ora eccolo lì, a far strada, deciso. Era compito suo, adesso, il lavoro pesante. Procedeva energico e cercava di pestare più neve possibile, per agevolare i passaggi che sarebbero seguiti in giornata. Mario avanzava con le gambe che affondavano fino al ginocchio, le ritraeva ricoperte di un bianco secco, una polvere sottile come zucchero a velo. E suo padre dietro.

Erano diretti al cascinale per ricontrollare gli attrezzi che già avevano preparato qualche giorno prima; non dovevano correre rischi. Il fuoco doveva essere alimentato, l'acqua della caldaia era a buon punto ma ancora non aveva raggiunto la giusta temperatura. Ci sarebbe voluto del tempo.

Più avanti, oltre il cascinale, Mario allungò il passo sulla crosta ghiacciata che cedeva di colpo sotto il peso. Eppure era necessario pestare la neve fino al porcile.

❋ ❋ ❋

Era mattina inoltrata quando il padre, lo zio e Mario si avviarono di nuovo verso il porcile.

Angela era tornata da scuola prima del previsto. La legna per riscaldare l'aula era terminata e il freddo era pungente anche all'interno. Capitava, nei periodi di forti nevicate, che l'addetto comunale non avesse tempo di tagliarla poiché occupato a spalare la neve delle strade.

«Vado su in camera a giocare alle bambole.»

«E i compiti?»

«Non ne ho.»

«Allora vai pure in camera e restaci, ti chiamo io quando puoi scendere, e voi venite su in solaio», aggiunse rivolta a Sandro e a Erminio, il più piccolo.

"Meno male che manca Lucia con la sua voglia di aiutare! Chissà quante discussioni per poter partecipare alla *mazza*. E poi avrebbe fatto comunella con Angela e a insistere sarebbero state in due", pensò con sollievo Gemma con la strana sensazione che, per una volta, le cose si erano arrangiate da sé.

Scese in cucina e, cogliendo al volo quel momento di pace, si sedette al tavolo a leggere un vecchio giornale. Era abitudine riceverlo ogni tanto di seconda mano, dai parenti. A Gemma non importava, erano comunque notizie nuove per lei e, indugiando qualche secondo sul titolo "Il Dovere", le sfogliò pensando che per lei, invece, si trattava dell'unico momento di puro piacere.

Angela, con la fronte appoggiata al vetro ghiacciato della finestra a guardare i tre uomini che faticavano nella neve alta, non si sognava nemmeno di giocare alle bambole. Anche questa volta l'avevano estromessa. Non che avesse insistito, era inutile con sua madre, ma l'idea del lavoro per soli uomini la faceva ammattire. Gliel'avrebbe fatto vedere a tutti, quanto era brava! Tuttavia avrebbe dovuto uscire di nascosto; sarebbe passata per la via dei gatti.

Decisa, indossò il giaccone di lana, i guanti e spalancò la finestra che dava sul balcone. Poi di colpo si fermò, tornò indietro e si avvolse la lunga collana di perline attorno al collo che avrebbe voluto indossare a scuola; una ripicca. Uscita sul balcone riaccostò la finestra, lo percorse fino in fondo, scavalcò la ringhiera e si lasciò cadere sulla montagna di neve accumulata dal fratello il giorno prima, quando aveva liberato i sentieri, poi affrontò di corsa il viottolo che conduceva al pollaio. Si guardò attorno. L'ascia usata dagli uomini per spaccare i pezzi di legno era conficcata nel ceppo. Le galline, infreddolite, erano accovacciate nei buchi scavati nella terra. Angela lanciò una manciata di grano per smuoverle e vide subito che la rossa andava zoppa. Fece un passo tra le galline che starnazzarono nello scansare i suoi piedi, afferrò la rossa ed uscì dal pollaio con la poveretta che penzolava a testa in giù. Appoggiò sul ceppo il collo dell'animale che strepitava stonato, sollevò l'ascia e poi la diresse con forza falciando testa e starnazzio in un sol colpo.

Il corpo della gallina, con un inaspettato fremito, le scappò di mano e correndo andò a sbattere contro il tronco del melo per poi ricadere floscio.

Allo schiamazzo delle galline Gemma si alzò, passò la mano sul vetro della finestra per liberarne un pezzetto dalla condensa ghiacciata e vi incollò gli occhi. Subito non vide niente. Quando Angela apparve sulla soglia del pollaio con la gallina a penzoloni, capì. Vide l'ascia sollevarsi e la gallina decapitata scappare.

«Accidenti a quella ragazza testarda.» La collera trattenuta a stento. «Questa volta la devo proprio castigare!»

Mentre la figlia, con la gallina gocciolante sangue, stava per entrare, Gemma spalancò la porta e gliela strappò di mano.

«Adesso la spiumi! E d'ora in avanti toccherà a te uccidere e spennare oche, galline e tacchini.»

La ragazza, infreddolita e sporca di sangue sul viso, sulla giacca, sui guanti e sulle scarpe, se ne restava impalata sulla soglia, con la collana di perline ciondolante nel sudiciume. Così immobile sembrava un dipinto.

«Vieni dentro che fa freddo.» Poi, osservandola con disgusto, aggiunse: «Domani ti laverai i vestiti».

A *mazza* finita era quasi buio. Il maiale pendeva dal gancio a testa in giù, con le gambe divaricate, raschiato e sventrato. Proprio sotto la carcassa, una chiazza rosso vivo che, man mano che annottava, si oscurava, diventava viola e infine di un nero denso più cupo del buio. I tre uomini erano soddisfatti. Quando Mario per un attimo ricordò lo sgomento di cui era stato vittima la prima volta, non lo capiva più e, infastidito, scacciò il pensiero con un gesto della mano, come per allontanare una mosca.

Nell'avviarsi verso casa già pregustavano il bagno caldo preparato da Gemma, quando ad un tratto Mario si ricordò della gallina.

«Ah, sì, la gallina zoppa», rispose Carlo. «Dai, andiamo che è un attimo, saranno già accovacciate sui trespoli, tua madre mi ha detto che è l'unica rossa. La vedremo di sicuro fra tutte le bianche.»

Si accorsero subito della scia di sangue; ormai era notte ma la collana di gocce scure, che si snodava serpeggiando per andare ad annegare in un laghetto nero sotto il melo, non passò inosservata. Si guardarono attorno per cercare una risposta. L'ascia, con la segatura incollata sulla lama, era abbandonata ai piedi del ceppo, accanto alla testa della gallina che giaceva col becco e gli occhi spalancati.

«Scommetto che è stata l'Angela. L'ho sentita tante volte parlottare con Lucia sull'uccidere le galline e sul non è giusto che lo facciano solo i maschi» sbottò Mario, abbassandosi a raccogliere la testa. "Quella mocciosa! È una femmina ed è più giovane di me. Come ha potuto sfuggire al controllo della mamma?" Tenne però il pensiero per sé.

Ancora turbato entrò con impeto in casa, lanciò un'occhiataccia alla sorella e gettò con superiorità la testa dell'animale sul tavolo.

«E questa la lasci alle volpi? Sciocca, la cresta è la parte più buona.

❋ ❋ ❋

Il pranzo fu di quelli rari, un bollito di costine di maiale e gallina con patate.

L'indomani Mario sarebbe partito e voleva portarsi dietro il profumo del brodo, i gusti delle carni e della fatica, il freddo ai piedi, il dolore sotto le unghie ma anche il coraggio e l'orgoglio. Mangiava in fretta, con avidità, come se accumulare cibo lo aiutasse a far scorta di ricordi; inghiottiva patate e tracce di vita.

Era così preso nel rievocare i piacevoli momenti della vacanza ormai finita che, quando alzò lo sguardo su Angela si rammentò di averla tormentata cercando di mortificarla ogni volta che i loro sguardi si incrociavano: «Giustiziere di volatili, boia!». Ora si dispiaceva di averla trattata in quel modo.

La osservava allungare la mano e servirsi della testa che lui aveva scaraventato con cattiveria sul tavolo per poi darle una lavata di capo.

«È vero, è proprio buona 'sta cresta!» disse lei tenendola fra le mani unte mentre guardava di sottecchi la reazione del fratello, che abbozzò un sorriso. Le bastò quel cenno per sentirsi sollevata; temeva il carattere scontroso di lui, aveva quasi paura della rabbia che a volte riversava contro i famigliari ma, a differenza di Lucia che non gli perdonava simili comportamenti, lei intuiva la sofferenza del fratello pur non riuscendo a coglierne l'essenza e provava per lui una pietosa benevolenza. Non che le avesse fatto piacere la scenata della sera prima, oltretutto aveva appena sentito le sue dalla madre; fortunatamente quella notte il sonno si era preso cura di lei con particolare attenzione, tanto che al risveglio si era sentita bene e anche soddisfatta. Aveva fatto tutto da sola e non era nemmeno svenuta alla vista di tanto sangue. Certo, aveva dovuto farsi forza nel vedere il corpo senza testa impazzire, aveva stretto i pugni, per un attimo aveva vacillato, chiuso e riaperto gli occhi credendo di sognare e tuttavia non aveva ceduto. D'ora in avanti quella mansione sarebbe stata riservata a lei. Per castigo.

Un po' annoiato, mani in tasca, Mario si allontanò dagli strilli dei fratelli minori che giocavano a palle di neve. Aveva una voglia matta di stare solo, di abbandonarsi alla malinconia di quel vuoto dopopranzo. Si muoveva a caso, buttava là il passo in modo scomposto, il corpo rilassato e un po' ripiegato, la testa bassa. Ubriaco di malavoglia, desiderava crogiolarsi nella mollezza di quelle ore.

Il suo vagabondare lo portò fino *al tècc* delle capre. Un coro di belati ruppe i suoni felpati che distinguevano il paesaggio, spezzando la solitudine di quel tardo pomeriggio. Era tempo di mungitura e le capre, nel sentire i suoi passi sulla neve, avevano creduto che arrivasse Martina. Mario si soffermò, si appoggiò alla stalla, schiena e talloni contro il muro, dove non c'era quasi più neve; trovò piacevole ascoltare le voci discontinue ma insistenti degli animali.

Una sagoma ancora indistinta oscillava in avanti, verso di lui, uscendo con lentezza dalla penombra. Una secchia cigolava.

«Chi è là? Lasciate stare le mie capre!»

Uno sbuffo di alito bianco diede forma alla diffidenza che colorava la voce di Martina.

«Sono io», disse Mario di rimando.

«Oh, ragazzo, hai finalmente deciso di fare il pastore?»

La donna aveva riconosciuto la sua voce; egli ne fu colpito e sentì un piacere caldo diffondersi dentro.

Osservava il largo sorriso di Martina mentre flemmatica si avvicinava; lontane, le prime stelle si erano accese per la notte.

"Sembrano fiori", pensò Mario.

Ecco allora che il ricordo di un sogno lo scosse: Martina gli sorrideva in un campo di fiori, con la secchia appesa al braccio. Si era risvegliato contento, quella volta, sentendosi rigenerato, pieno di vita.

Le capre, ora tranquille, mangiavano di gusto; nella stalla c'era un bel tepore mentre Martina mungeva e chiacchierava. Lo sgabellino a una gamba su cui era seduta era nascosto dal vestito da sposa che ricadeva tutt'attorno; le numerose pieghe si sovrapponevano sotto la vita; nel ricadere a terra si confondeva fra gli escrementi e la segatura. Sopra la vita, il corpetto attillato fasciava il busto dal quale si dipartivano le maniche lunghe e sporche; piccole mani spuntavano dai pizzi e si muovevano sapienti sotto il ventre della capra. Messa così, a Mario la donna appariva come se fosse in piedi: una sposa nana, guardiana delle capre.

Mentre chiacchierava con lei di animali, di formaggio, dell'inverno che opprime e dell'estate che speriamo sarebbe arrivata presto, con in mano un bricco sbrecciato sorseggiava il latte caldo, ridisegnandosi ad ogni boccata nuovi baffi di schiuma salata.

Martina guardava il ragazzo. Le sembrava cambiato, più maturo, più alto. Lo osservò a lungo, indiscreta, con uno sguardo – così era parso a Mario – benevolo.

«Sei un bel ragazzo.»

Più tardi, ripensando a quel momento, non si spiegava cosa fosse veramente accaduto.

D'improvviso si era sentito diverso. Forse per il latte di capra appena munto, o per il caldo umido e gli odori forti concentrati nel piccolo spazio della stalla. Oppure era stata lei, la regina dall'abito di tulle, con il suo sorriso, con le sue parole semplici, a entrargli dentro a lenire i dolori dell'anima. D'un tratto aveva percepito il dissolversi della malinconia e quasi contemporaneamente l'allentarsi dei muscoli del collo. Con lentezza aveva raddrizzato la schiena e alzato la testa liberandosi, nel movimento, dalla svogliatezza.

Ripartì di mattino presto. Nessuno lo accompagnò alla fermata dell'autopostale. Aveva salutato la famiglia la sera prima. Sua madre, come l'ultima volta, aveva imbottito la valigia di cibi nostrani per i cugini.

C'era silenzio. La stella del mattino risplendeva ancora nel cielo che iniziava a schiarire.

* * *

«Bentornato Mario, l'hai fatta lunga eh?» lo punzecchiò un operaio.

«C'era la *mazza*, dovevo aiutare.»

«Hai almeno portato un po' di lardo per noi?» aggiunse Tonio, un altro collega di lavoro.

«Siamo in tanti a casa, le scorte sono misurate.»

«Ma sì, ma sì, dicevo per dire. Dai, non prendere sempre tutto alla lettera, scherza un po' anche tu! Piuttosto, è un pezzo che non vieni all'osteria, questa sera ti aspetto. Anno nuovo vita nuova.»

«Verrò», disse Mario in modo del tutto involontario, tanto da sorprendersi.

E si buttò nel lavoro.

Al birrificio era tutta una trasformazione. Mario provava soddisfazione nel maneggiare l'orzo che via via si modificava fino a diventare malto. Gli piaceva rivoltarlo dolcemente nelle vasche d'acqua per vederlo gonfiarsi e stenderlo poi sui graticci per lasciarlo germogliare. Aspirava con soddisfazione il profumo dolce emanato dai chicchi bagnati e controllava di frequente la germinazione. In pochi giorni i graticci si tingevano di un verde chiaro, quasi bianco. Si sentiva gratificato. L'essiccazione del malto nei grandi forni, però, era per lui una mansione troppo delicata; andava controllata con grande sensibilità, bisognava riconoscere il colore che il malto assumeva, in tutte le sue sfumature: ci voleva esperienza. Durante la pausa di mezzogiorno, con un panino e un bicchiere di birra in mano, si recava spesso nella sala dei forni. C'era un gran caldo e il profumo denso della tostatura gli si attaccava addosso. Osservava in silenzio e cercava di rubare il mestiere.

Quella sera incontrò Tonio all'osteria. I due compagni sedettero uno di fronte all'altro. Il caffè corretto che Mario aveva inghiottito d'un fiato gli aveva fatto bene. I due discorrevano del lavoro e dei loro colleghi.

«Ma tu, cos'hai per essere così taciturno e schivo? Fosse per te la vita sarebbe solo casa e lavoro, e non sorridi mai! Cos'è? Per una donna?»

Qualcosa doveva inventare, non se la sentiva proprio di confidarsi. L'emozione gli infiammava il viso che la grappa aveva già colorato di rosa.

«Sì, certo», rispose, gli occhi fissi sul fondo della tazzina. «Sono preoccupato per la mia famiglia, così numerosa, con mille problemi, e poi... Sì, a casa ho la morosa, la vedo così poco!»

Mario era sbalordito, quasi incredulo. Quel giorno la sua bocca parlava da sola, argomentava in modo sfacciato, bugiardo. Una volta iniziato, il flusso di bugie non poteva più essere fermato, si agganciavano una all'altra come anelli di una catena.

«Ah ecco!» commentò Tonio con velata curiosità.

«Si chiama Nora», insistette Mario. «Scusa, ora vado a dormire. A domani.»

E se ne andò, con lo sguardo dell'amico che gli pungeva la schiena.

Raggiunse la camera, era inquieto. Sentiva urgente il bisogno di confidarsi; passò in rassegna i conoscenti, per ognuno valutò l'idoneità a raccogliere il suo segreto, ma li scartò tutti. Al pensiero di confessare i suoi travestimenti, si sentì divorato dalla vergogna.

Forse avrebbe dovuto chiedere aiuto a un religioso, o a un medico, ma subito accantonò anche quella possibilità. Non era ancora pronto ad aprirsi, per ora non ce la faceva.

Si ricordò di avere alcuni fogli di carta da lettera nel cassetto del comodino, gliel'aveva data sua madre con la raccomandazione di mandare notizie a casa.

Iniziò a scrivere in modo frenetico, raccontando la sua esperienza, della prima volta e di come, dopo, si era sentito sporco, come travolto da un senso di peccato inaccettabile. L'inchiostro dava forma e forza al dolore che provava per essere quello che era, e non si dava pace: "Perché proprio io? Chi ha voluto che nascessi sbagliato? Volonteroso e instancabile come un cavallo da tiro, ma donna nell'intimo, con la vanità di un pavone". Ne aveva vista una coppia nel giardino di una villa sul lago e, fin dal suo primo travestimento, quello con la vestaglia della cugina, l'immagine di uno dei due uccelli ricorreva nei suoi pensieri. Era arrivato da poco in paese, e la cugina gli aveva chiesto di consegnare una lettera a un'amica. «Così cominci a guardarti attorno», gli aveva detto. Era rimasto affascinato nel vedere quegli animali mai visti, ma uno solo era bello. Aveva il piumaggio blu come quello dei laghetti di montagna quando il cielo, ripulito dal temporale, vi si specchia ravvivandone il colore; passeggiava con passo da gallina trascinandosi una coda colorata lunghissima. Giunto vicino a lui si era fermato, aveva assunto una posizione eretta e, inaspettatamente, aveva alzato la coda aprendola come un enorme ventaglio. Meravigliose macchie blu, verde e oro, come occhi disseminati con ordine, vibravano, mentre l'uccello danzava vanitoso. Gli avevano detto che era il maschio.

La penna rotolò sul tavolino spruzzando gocce d'inchiostro; il ricordo del pavone si fuse pian piano con l'immagine di sé mentre si ammirava allo specchio.

L'aver affidato la sua intimità a quelle pagine lo fece sentir meglio; la carta aveva accolto con discrezione ogni parola di quel silenzioso turbinio di emozioni, senza giudicare. Ma lei, la donna che Mario portava dentro, nel sentirsi raccontare si era svegliata e subito aveva preteso ascolto.

Mario l'aveva sentita, tuttavia mentre scriveva l'aveva ignorata. In seguito divampò come una fiamma alla quale si fosse dato aria.

Non poteva più attendere. Iniziò la cerimonia del travestimento. Il reggiseno comprato al mercato, con il ripetersi del rito, metterlo, toglierlo, tirarlo, si era rilasciato e ora aderiva al torace senza stringere. Nonostante le grosse dita, aveva acquisito un'abilità sorprendente nell'agganciare, le braccia dietro la schiena, i minuti fermagli. Durante le vacanze di Natale, aveva sottratto da casa un reggicalze e un paio di calze di lana fine. Erano in un cestone assieme ad altri panni, forse in disuso, forse in attesa di essere rimessi a nuovo, che Gemma aveva collocato nel ripostiglio. Li indossò e la novità lo rese euforico. Mentre affrancava le calze che, sulle robuste, lunghe gambe arrivavano appena appena, gli tremavano le mani. Per sentirsi pienamente soddisfatto avrebbe avuto bisogno di scarpe col tacco, ma era davvero difficile trovarne che si adattassero ai suoi piedi, forse non esistevano nemmeno. Si alzò allora sulla punta dei piedi e camminò in tondo dentro la cameretta; sfilando davanti allo specchio si diede una sbirciatina che voleva sembrare disinvolta, come gettata per caso, per capire come l'avrebbe potuto percepire l'occhio di un estraneo.

Si trovava bello, anzi, bellissima; era proprio un'affascinante donna alta, con grandi seni, grosse natiche, esagerata nel fisico ma delicata e sensuale nei gesti. Si guardava a lungo in quello specchio che rifletteva i suoi sogni, si girava sulla punta dei piedi e torcendo il collo controllava la sua immagine posteriore. Si figurava abbracciata a un uomo, se lo inventava lì per lì; non desiderava il bello, bensì il forte, un uomo capace di dominarla, autoritario ma ardente in amore, che sapesse apprezzare la sua voluttà.

Poi, di colpo, si accorse di un particolare mancante, un dettaglio che non ritrovava nella figura riflessa: una fluente capigliatura.

Quella scoperta segnò la fine del gioco; Mario iniziò a spogliarsi, prosciugato dall'eccitazione che prima lo aveva elettrizzato.

Tolse dall'armadio la scatola che accoglieva, a turno, le scarpe da lavoro e quelle della festa, la svuotò, nascose le pagine appena scritte nel doppiofondo e lo richiuse. Infilò poi nel sacchetto di stoffa il reggiseno, che ripose assieme alle scarpe. Calze e reggicalze le sistemò dietro la sua biancheria intima.

Un pensiero lo colse all'improvviso: il doppiofondo della scatola era l'emblema della sua doppia vita. La tensione del viso venne rotta da un sorriso nel contempo amaro e divertito.

* * *

L'idea di avere una parrucca non gli dava pace e come un tarlo lo rodeva senza sosta.

"Perché mi tormenti? Esci dal mio corpo, dalla mia testa, vattene e non tornare più!" Era un grido muto, a labbra serrate, i pugni chiusi e gli occhi umidi. Era l'urlo della disperazione che nessuno doveva sentire. Come avrebbe voluto tornare indietro, quando la donna nascosta era solamente un capriccio, una curiosità nata dal caso e solleticata dalla luna; invece, ora, ecco che voleva una parrucca bionda.

Da quel momento iniziò a sperimentare nuove acconciature. Scompigliava i capelli allungandoli verso l'alto e poi li cotonava, così restavano in piega. Oppure li arricciava con la brillantina.

Una sera aveva persino tentato di colorarli di giallo con un po' di pittura diluita che, quel giorno, stavano usando alla fabbrica. Era poi rimasto un'ora a testa in giù sotto il getto d'acqua fredda, a strofinare con foga il sapone su quell'impasto giallognolo, per farlo schiumare; aveva aggredito e strappato i capelli come fossero loro i colpevoli di quella scelta avventata.

La birreria era curativa. Gli bastava varcarne la soglia e i pensieri ossessivi si diradavano, si scioglievano nei fastidi del lavoro e solo raramente riuscivano a prendere il sopravvento.

Mario rimescolava le spighe di orzo nella vasca d'acqua con un movimento molle; spostava il braccio in circolo, la testa bassa, rigida, la nuca ancora schizzata di giallo. Poi tutto il corpo lo seguiva accennando un dondolio che lo riportava ai primi anni di vita quando, dopo un capriccio e un pianto, veniva preso tra le braccia, consolato, sollevato da ogni responsabilità.

Continuava con quel gesto lento. Nel vortice del suo rimestare, l'immagine del viso ondeggiava e si deformava in continuazione cullandolo a lungo in quel ricordo.

«Ehi, ti sei addormentato?» chiese Tonio da dietro le spalle.

Mario sobbalzò sorpreso da quella presenza inaspettata, tuttavia non si girò. Non lo aveva sentito avvicinarsi e non aveva avuto il tempo di abbandonare quelle immagini d'infanzia consolatorie. Gli bastarono però pochi secondi per riprendere il controllo di sé.

«Sì, quasi, sono molto stanco», si scusò.

«Perché, sei rimasto alzato fino a tardi a pitturarti i capelli?»

"È successo", pensò. "Mi ha smascherato. Non so come ci sia riuscito, ma è così."

Stanco per lo sforzo di apparire come tutti si aspettavano che fosse, sull'orlo di una confessione guardò l'amico con sgomento. Ma Tonio aggiunse: «Non guardarmi così, è solo che ti sei sporcato un po' con la pittura gialla che abbiamo usato ieri.» Gli diede una manata sulle spalle e tutti e due ripresero il lavoro.

* * *

L'inizio della primavera era nell'aria. Il profumo dei primi fiori, le gemme rigonfie e il sole tiepido diffondevano un'energia traboccante. Era carnevale. In paese regnava un'euforia che aveva contaminato tutti. C'era voglia di divertimento e di trasgressione.

«Non vedi l'ora di uscire, vero?» Domandò la cugina.

Il giovane non aveva mai amato molto il carnevale; gli era piombato addosso di prepotenza cogliendolo di sorpresa. La donna credeva di vedere in lui la sua stessa impazienza, la voglia matta di andar per strade e per osterie, di ballare e di ridere.

Si sarebbe mascherata da povera: vestiti sfilacciati, scarpe rotte, capelli arruffati e, in mano, la scopa di saggina. Anche suo marito si sarebbe mascherato, ma, tra loro, nessuna rivelazione, il travestimento sarebbe rimasto segreto. La cugina non stava più nella pelle, sbrigò i lavori di cucina in fretta e male, poi si tolse di torno con vivacità, lasciando uno strascico di euforia travolgente.

Mario, contagiato suo malgrado dall'entusiasmo, decise di buttarsi nella calca.

La piazza era un guazzabuglio di colori in movimento. Veniva strattonato e sospinto da clown, pierrot e straccioni. Un frastuono di raganelle copriva le voci e le grida. Era stordito da tanto baccano e si pentì di essere uscito. Gli sembrava che la gente fosse impazzita, detestava tanta allegria a tutti i costi e, con addosso i suoi panni di sempre, aveva l'impressione di essere fuori posto. Voleva rientrare a casa; diede un'occhiata sopra quel movimento di teste per potersi orientare quando il suo sguardo incrociò i rami neri del castagno, si stupì nel vedere un'infinità di punti verdi che occhieggiavano. Anche l'albero condivideva l'allegria che si era impossessata del paese, e festeggiava a modo suo.

Vederlo così, da sotto in su, con i rami che si spingevano in ogni direzione, immobili tentacoli leggermente incurvati, sembrava voler proteggere la piazza e chi la popolava; Mario sapeva che, da tempo, quel castagno era il custode silenzioso del suo segreto.

Forse fu per colpa della folla eccitata che si muoveva scomposta premendo e urtando senza attenzione, che un pensiero inquietante lo agitò: "E se qualcuno trovasse l'indumento scoprendo così le iniziali? Magari un ragazzo che gioca a nascondino!".

Prese fiato guardandosi attorno, sgomitò fra le maschere fino ad avvicinarsi all'incavo e, proprio lì, lasciò cadere il fazzoletto. Fece ancora due grossi sospiri, rovistò in tasca e si guardò attorno fingendo di accorgersi della sua mancanza, quindi si accovacciò.

Perlustrò la cavità finché le dita trovarono la veste, quindi si concesse un attimo per gustarsi il contatto della seta. Tanto bastò: nei suoi pensieri irruppero immagini che risvegliarono desiderio e colpe. Cercando di dissimulare l'inquietudine, si attardò in una poderosa soffiata di naso.

D'improvviso venne urtato pesantemente di schiena. Si girò infastidito e vide la stessa reazione sul viso di uno sconosciuto, anch'egli negli abiti di tutti i giorni. Si guardarono negli occhi e la sfida si sciolse in un sorriso.

Rifugiatosi in casa, si rese conto che tutto quel baccano non gli avrebbe permesso di dormire. Le voci salivano confuse dalla piazza e sembravano concentrarsi proprio nella sua camera. Si mise alla finestra a contemplare quel muoversi di ombre scure dalle forme inconsuete e dagli atteggiamenti ridicoli.

Solo e al sicuro, Mario posò lo sguardo sul castagno.

Riconsiderò le emozioni di cui era stato vittima poco prima e delle quali ancora non si era liberato. Lasciandosi trasportare nella finzione divenne l'immagine di sé stesso allo specchio quando, indossando l'elegante vestaglia, si era esibito in solitudine. Aveva volteggiato libero da qualsiasi intolleranza e aveva provato attimi di vera gioia.

Era molto stanco e, dopo aver infilato delle palline di carta di giornale nelle orecchie, si mise a letto.

Si rilassò cullando un pensiero nuovo, audace. La voce del carnevale aveva ronzato nelle sue orecchie fino a mattina, costringendolo a un dormiveglia agitato, anche perché l'immagine di una parrucca bionda gli era turbinata nella testa per tutta la notte.

Il Martedì Grasso era pronto a scendere in piazza vestito da donna, deciso a sfruttare l'occasione. Si era preparato dopo una cena affrettata, lasciando per ultimo la parrucca. L'aveva trovata al mercato, fra la mercanzia usata di un rivenditore. Non aveva esitato a comperarla sebbene fosse un po' malridotta. La sfilò dal sacchetto di carta, la sbatté per ridarle forma, passò le dita fra i finti capelli gialli, poi con qualche colpo di pettine le ridonò un aspetto discreto. La indossò lentamente, con trepidazione e, lavorando con le dita di entrambe le mani, la rese vaporosa.

Scese le scale con leggiadria e arrossì al commento della cugina che, sempre vestita da povera, usciva di casa proprio in quel frangente: «Accidenti Mario, sembri una gran bella donna!».

Era scocciato da quell'incontro, non era sua intenzione mostrarsi alla cugina. E se avesse notato il suo rossore? Mario era persuaso che la capacità intuitiva della donna avrebbe potuto svelarle troppo, più volte aveva notato il dubbio scorrerle nello sguardo mentre lo osservava. Forse aveva capito che la sua non era voglia burlesca, bensì desiderio di realizzazione, volontà di sfruttare la momentanea sospensione del senso morale.

Si soffermò sull'uscio, cedendo il passo alla donna.

«Buon divertimento.»

«Anche a te.»

Si era preparato all'evento con tanta premura, con precisione, animato da una contentezza cristallina, ora già intorbidita dallo scrupolo. Si infilò tra la gente con passo incerto, cercò di non incrociare troppi sguardi, poi cambiò idea: mostrarsi troppo schivo avrebbe potuto creare diffidenza.

Entrò nell'osteria, bevve un amaro osservando i più allegri, sorrise. L'alcool gli dava forza, o forse lo confondeva. Uscì di nuovo tra la gente dove tutto sommato si trovava più a suo agio: era troppo dire che si divertiva, ma il sentirsi leggero, senza il solito imbarazzo, era per lui fonte di un appagamento profondo.

Sentì i corpi che premevano, sospingevano e d'un tratto si ritrovò espulso dalla calca. Respirava meglio, si allontanò ulteriormente dall'assembramento caotico di quegli esseri agitati. Stava in una sorta di girone periferico in cui le persone mascherate indugiavano, si guardavano attorno o si davano una controllata. Osservando da lì, con un certo distacco, la gente sembrava formare un'entità unica, viva, che inghiottiva ed espelleva maschere senza sosta e senza regole.

* * *

I vicoli che si diramavano dalla piazza si facevano via via più scuri e meno rumorosi. Mario imboccò quello più angusto e avanzò calmo, senza una meta. Incrociava gente mascherata che andava di fretta, ragazzi che si rincorrevano lanciando strilli eccitati.

Arrivò fin dove le case più esterne al nucleo sembravano comprimersi in un abbraccio protettivo, come a voler racchiudere il paese. Lo spazio nel vicolo era ridotto e il buio vi sostava, denso, prima di spingersi oltre. Era già passato da lì, una sola volta e, con un imbarazzo che faceva male, ripensò alla cameriera.

D'un tratto ebbe la sensazione che quel ricordo avesse preso forma quando una sagoma, dai contorni solo intuibili, si stava avvicinando. Attese l'incontro, immobile, sospeso nel rapimento di quel déjà vu.

Fece dei respiri brevi e trattenne a lungo l'aria. Dal buio vide uscire un viso che avanzava sospeso, ondeggiando. Il volto, ora a pochi passi da lui, era ben visibile, così come il vestito nero indossato da quella figura misteriosa.

«Ciao!»

La voce maschile e la singolarità del travestimento lo strapparono dalla sua suggestione. Non aveva mai ammirato tanta raffinatezza in un mascheramento.

Lo sconosciuto indossava un frac a coda di rondine e un cappello a cilindro; camicia bianca con gemelli dorati al polso, farfallino rosso. Se non fosse stato carnevale, lo si sarebbe potuto immaginare fra gli invitati di un ricevimento prestigioso o addirittura sposo in un matrimonio d'alto rango. Solamente il viso, truccato con meticolosità eccessiva, esprimeva l'idea del travestimento: ricoperto da una patina bianca che rendeva perfettamente liscia la pelle, nascondeva perfino i segni della barba; le labbra, ben disegnate, erano rosse come le ciliegie e spiccavano nel candore opalescente del viso. L'uomo aveva dipinto di nero le palpebre e il contorno degli occhi, che sembravano due grossi buchi. Le sopracciglia si intravedevano solamente, ricoperte anch'esse dalla crema bianca. Un sorriso caldo, aperto, alterò l'artificiosità ingessata dell'espressione e un soffio di familiarità, come una carezza, lo avvolse.

«Mascherati è meglio, vero?» disse tendendo la mano. «Sono Iacco.»

Lo riconobbe, e al tempo stesso si rese conto quanto desiderava ripetere l'incontro casuale di qualche sera prima, durato solo un battito di ciglia.

«Mario.»

* * *

Era mattino presto. Nella camera stagnava un odore acre, di notte consumata, nel cuore il canto di un desiderio esaudito.

Mario si staccò dal corpo tiepido che gli stava accanto e balzò dal letto con energia. Sentiva nei muscoli un vigore residuo che voleva esaurirsi, uscì che il buio era ancora fitto. Si allontanò guardingo dalla casa che l'aveva ospitato; tornò alla sua stanza per depositarvi il costume e vestirsi per poi ripartire.

Arrivò alla fabbrica che era ancora deserta.

Non era il solo, quel giorno, a poter vantare una notte folle. Altri compagni di lavoro avevano rughe di stanchezza e occhi strapazzati da fumo e alcool. Si salutarono e si scambiarono pacche sulle spalle, accomunati dalle ore di sregolatezza collettiva.

Ma l'effervescenza interiore scatenatasi in Mario quella notte non apparteneva a nessun altro. Condividere un'intimità così diversa non era nei suoi pensieri, nemmeno quelli più audaci.

L'incontro con Iacco aveva svelato all'istante un desiderio che, fino a quel momento, non conosceva. Cercava di mettere ordine al subbuglio che aveva dentro, un misto di appagamento e imbarazzo. Sull'onda dell'euforia decise di privilegiare il sentimento di soddisfazione.

Era un altro lavorare quel giorno. Non c'era rabbia da scaricare, energia da bruciare o fanatici desideri da sopire. Era l'adoperarsi generoso di un uomo che si sentiva alleggerito e fiducioso, di un uomo che riviveva costantemente l'attimo di pura felicità che, come una scintilla, quella notte gli aveva riscaldato il cuore.

Cenare con i cugini era diventato un compito penoso. A malapena riusciva a sopportare le quotidiane abitudini della coppia. La fretta di partire, controllata a fatica, lo rendeva teso. Mario si accorse dello sguardo inquisitore della cugina, ma lo rifuggì. Eluse persino le sue domande allusive, "ti aspettano, vero?", con un'alzata di spalle. Ciò che più gli importava era raggiungere Iacco, consumare e rinnovare la passione fra le sue braccia.

Iacco, più vecchio di lui, si dimostrava sereno e deciso; era anche totalmente privo di scrupoli nelle relazioni intime, di cui vantava una discreta esperienza. Per Mario rappresentava un faro venuto a frantumare il buio che lo stava divorando. Si godeva questo sollievo senza riserve e non gli importava di suscitare curiosità nel dimostrarsi più disinvolto e di buon umore, né di trovare scuse per giustificarsi, in particolare con i cugini o con Tonio. "Crederanno che ho una morosa".

Tonio aveva cercato d'interpretare l'inaspettata rigenerazione dell'amico, ma era stato troppo cauto con quel "ti vedo bene, sei più allegro ultimamente" e aveva ricevuto in risposta solo un sorriso. L'indagine era finita così, lasciando spazio all'immaginazione. Non c'era dubbio che ci fosse di mezzo una donna, forse di mestiere, anzi sperava quasi che fosse così, altrimenti della povera Nora, rimasta al paese ad aspettarlo, che ne sarebbe stato?

Di Nora si ricordava solo Tonio, che se l'immaginava né bella né brutta, grande lavoratrice, coscienziosa, paziente e con i capelli bruni. Sul lavoro Mario era attento ma a parlargli si mostrava svagato, con la testa altrove. Non era logico che la relazione con una donna di strada lo assorbisse così tanto, forse c'era dell'altro. Decise di affrontarlo, ma dovette attendere parecchie sere prima di rivederlo all'osteria. Uno di fronte all'altro, un bicchiere fra le mani e il ghiaccio che tintinnava nell'amaro. Era tanto che non si trovavano così, soli, mai si erano però sentiti in imbarazzo come quella sera. Uno con la voglia di chiedere, di chiarire e l'altro chiuso a riccio. Quando ormai si erano scolati anche l'ultima goccia, Tonio buttò fuori: «Come sta Nora? È un bel po' che non vi vedete».

«Nora? Ah, sì, Nora. Ci scriviamo sempre.»

* * *

Raramente Mario si affacciava alla finestra che dava sul lago, se ne disinteressava. Il lago era per lui un'entità sconosciuta che lo turbava. Quella sera però si era spinto fin dentro la stanza, l'aveva inondata di un bagliore caldo, stuzzicando il giovane con schegge di luce accecante. Non poteva ignorarlo. Spalancò la finestra e rimase a guardare. L'acqua brillava e qua e là si increspava sotto la spinta lieve di una stanca brezza: sembrava divertirsi con una barchetta da pesca che rispondeva dondolando. Rapito ne respirò i colori: dapprima l'arancio, poi, man mano che il sole si abbassava, ogni sua sfumatura più scura. Appena dopo il tramonto tutto si placò. L'acqua era perfettamente liscia e ferma, la barca immobile, solo la luce si affievoliva ancora, piano. Pochi istanti prima del buio, un sospiro ritornò a lambire il lago e sospinse, garbato, l'acqua e la barca come per gioco, nel senso opposto. Mario era inchiodato alla finestra. Nutrite dallo stupore, le immagini impresse negli occhi gli sembravano un miraggio. Poi calò la notte.

* * *

Nella lettera che Gemma stava leggendo con la solita trepidazione per il figlio lontano, la cugina accennava a un cambiamento di umore del giovane che, secondo lei, era giustificato solamente da un innamoramento. Nell'insieme era un messaggio positivo, si parlava bene di lui, come sempre, ma aveva una strana sensazione: le sembrava che la cugina non fosse riuscita a censurare i dubbi e le perplessità che il figlio le suscitava. Altrimenti perché la frase "mi rende felice pensare che Mario potrebbe avere una fidanzata, tuttavia non ne parla e io non oso chiedergli niente"? Come mai tanta reticenza? Se poi ripensava alle ultime lettere ricevute da suo figlio, non si accennava minimamente a una possibile relazione. Aveva però notato un senso di soddisfazione e di ottimismo raro nel ragazzo, suggeriti dalla scelta di parole come "disponibilità, son contento, sto bene". Lasciava comunque intendere che si riferisse al lavoro, dove tutto filava liscio.

Gemma aveva bisogno di sapere.

Anche Carlo era d'accordo, ma occorreva informarsi con discrezione, il ragazzo non si doveva sentire troppo controllato.

«E poi sai com'è, capace di fare il bastian contrario e di non dirci più niente.»

«Credo sia un bene mandare le due ragazze a fargli una visita, a modo loro sono sempre stati uniti.»

«Sì, è una buona idea.»

E così Gemma, curiosa e speranzosa, decise di scrivergli informandolo della visita delle sorelle e dandogli dei consigli. Si augurava che il figlio si potesse sentire incoraggiato a confidarsi.

Mario era perplesso: la missiva di sua madre gli suonava stonata. Possibile che di punto in bianco le era venuto lo sfizio della fidanzata? Era sempre stata molto premurosa sulle faccende di lavoro, o di convivenza con i cugini e ora, improvvisamente, "si augura che lui possa incontrare una brava ragazza a breve... che certo è ancora giovane... ma deve darsi da fare... ci vuol tempo a conoscersi bene e di tempo non ce n'è mai abbastanza... è partito che sembra ieri".

"Di sicuro c'è lo zampino della cugina", pensò Mario con una punta di acredine mentre rivedeva i suoi occhi indagatori, quell'espressione curiosa e preoccupata. Si alzò in piedi al centro della stanza con le braccia lungo il corpo, la lettera ancora stretta in mano. "E poi, improvvisamente, mi mandano le sorelle. Come sempre mi prendono per uno stupido, so benissimo che si tratta di un controllo."

Sospirò rumorosamente, quasi con rabbia, e decise di archiviare la missiva nella scatola delle scarpe. Sollevò il doppio fondo e fece una rapida verifica per assicurarsi che ci fossero ancora tutti gli scritti: lì custodiva i sentimenti più veri, gli sfoghi e le paure. Quella scatola riaffermava impietosa la sua rassegnazione alla doppia vita; e le bugie ne facevano parte.

Sentì il bisogno di prendere una boccata d'aria. Spalancò per abitudine la finestra che dava sulla piazza, poi decise di aprire anche l'altra: dalla sera in cui il lago lo aveva cercato con i suoi riverberi colorati, percepiva la sua esistenza con moderata curiosità.

Il castagno, concluso il suo sviluppo, emergeva splendido nel caldo estivo al centro della piazza; i ricci erano ancora piccoli e teneri. Il solo vederlo rincuorava, il sentirlo amico dava speranza.

Il lago, scuro e profondo, mozzava il respiro; appariva tranquillo, liscio, ma spaventava ciò che tratteneva e ancor di più ciò che avrebbe potuto liberare. Meglio dargli di spalle aspettando di vederlo arancione, luminoso e materno come aveva saputo essere una sera, mentre cullava una barca.

❋ ❋ ❋

Dal primo incontro con Iacco, il costume di carnevale era rimasto in una sacca, spiegazzato e indurito dal sudore. Dopo tanto tempo, Mario decise di rassettarlo. Tolse gli indumenti ad uno ad uno, diede loro una scrollata per distenderli, li spazzolò e li appoggiò sul davanzale, all'aria. Le calze sottratte dal cesto di sua madre stranamente non lo tentavano più, e nemmeno la parrucca che aveva tanto desiderato.

"Chissà, magari la donna nascosta se n'è andata via." Scivolata fuori dal suo corpo in sordina, forse infastidita da Iacco.

Sempre più spesso trascorreva lunghe serate con l'amico, accanto a lui si sentiva come un bambino che cedeva al padre responsabilità che ancora non sapeva gestire. Iacco lo alleggeriva, lo autorizzava a essere quello che era.

Al momento non poteva chiedere altro, desiderava solo galleggiare nell'indolenza lasciando che scrupoli e interrogativi andassero alla deriva.

Prima di sgusciar fuori casa silenzioso come l'aria, affidò i pensieri al diario.

Ritrovarsi con Iacco era un rituale a cui non sapeva rinunciare e il suo ripetersi lo fortificava e gli rinsaldava la voglia di assecondare questa sua vita che, sempre più, lo obbligava a scelte difficili da sostenere e da giustificare.

Lo sguardo di Tonio era divenuto indagatore, sospettoso. Spesso lo sorprese a fissarlo con impertinenza e a volte si sentiva costretto a inventarsi qualcosa lì per lì, per rispondere alle sue improvvise e importune richieste.

«Vieni a mangiare da me stasera, poi magari ci facciamo una partita a scopa con i miei fratelli.»

«No grazie, sono stanco la sera, e poi dopo cena devo intrattenermi con il padrone.»

Invece, come spesso capitava, a notte iniziata sarebbe sgattaiolato come un'ombra strisciando lungo i muri e riparando nei vani delle porte chiuse o sotto i porticati.

Quella sera, mentre si muoveva attraverso i vicoli attento e leggero, deviò dal tracciato abituale ubbidendo a un istinto improvviso che lo guidò proprio sotto le finestre della cucina di Tonio. Si soffermò dietro l'angolo della casa di fronte. Sentì voci indistinte, aguzzò le orecchie per carpire qualche parola: gli sembravano note di una rassicurante quotidianità familiare. Un po' si rammaricò di aver rifiutato l'invito. Come se ciò non fosse bastato, la preoccupazione di arrivare troppo tardi dall'amico lo mandò in affanno e lo costrinse a tornare sui suoi passi. Ignorò le voci della famiglia di Tonio che ancora gli riecheggiavano nelle orecchie e giunse trafelato all'appuntamento. La casa sembrava dormire immersa nel buio.

Bussò, non ci fu risposta.

"Strano, eppure eravamo d'accordo di incontrarci."

Rimase in ascolto, poi sentì un parlottio.

"Possibile? Credevo non ci fosse nessuno, le luci sono spente. La preoccupazione mi sta giocando un brutto scherzo?"

Avrebbe voluto chiamare l'amico, urlare furioso il suo nome ma, preso dall'agitazione e dai dubbi, non ne ebbe il coraggio. Si allontanò sconsolato cercando delle giustificazioni, nessuna però lo confortava. Nel girarsi, colse un improvviso riflesso luminoso sul selciato. D'istinto alzò gli occhi alla finestra, quella del locale che lo aveva accolto tante volte nel suo tepore, giusto il tempo per vederla scurirsi di nuovo.

A corto di fiato raggiunse casa e si buttò sul letto. Sentiva come una bolla nella testa, che si espandeva. Era stato ingannato e l'agitazione, sconvolgente, gli impediva di dormire.

* * *

Dalla sera in cui Iacco non s'era fatto trovare, il bisogno di rivederlo era forte, la sua lontananza bruciava, ma la mortificazione aveva risvegliato in lui rabbia e orgoglio: avrebbe dovuto essere Iacco a cercarlo, a implorarlo, a chiedergli scusa.

I mesi scorrevano lenti e l'amico non si vedeva. La luce sbiadiva, il mondo si scolorì, i contorni delle cose si sfocarono. Mario si perse nella banalità di un vivere spento.

La birreria come al solito lo teneva in vita. Da tempo ormai ci arrivava il mattino presto, in anticipo su tutti, per lasciarsi divorare dal buio che rimaneva intrappolato a lungo nei grandi locali, mentre fuori albeggiava. Avanzava stanza dopo stanza, mentre i profumi lo avvolgevano in un abbraccio a lui noto, che rilassava. A volte inspirava con forza, interpretava gli ambienti andando avanti a occhi chiusi, in una sfida avventurosa. Ecco l'odore dolce dell'orzo che stava germinando; quella era la sua sala e non si sbagliava nemmeno se la tostatura, che veniva fatta in un altro locale, rilasciava un provocante aroma che arrivava fin lì, a stuzzicargli il palato. Riapriva gli occhi, procedeva sicuro nell'ombra che sapeva di mosto e giungeva in uno stretto corridoio dove, salita una vecchia scala di legno, si accedeva alla sala successiva, di un mezzo piano più in alto. I profumi, attratti nell'angusto passaggio, scorrevano come un vento pastoso dal sapore misto, indecifrabile e buono. Poi, come uno schiaffo, lo investiva l'invadenza acre e appiccicosa rilasciata dal respiro della fermentazione.

In quella circostanza la fabbrica, per lunghi minuti, gli si concedeva con generosità. Poi Mario coglieva il rumoreggiare dei primi operai che si salutavano con voci roche, e riprendevano il loro posto col passo legnoso di chi ancora non si era staccato completamente dal sonno.

Anche Tonio – salutando con brio – raccontava, coinvolgeva e intanto lo teneva d'occhio.

Arrivò il giorno in cui Tonio ritenne doveroso intervenire. Aveva sempre apprezzato quel giovanottone taciturno, soprattutto per l'onestà e per la dedizione con cui lavorava ma, nonostante lo ritenesse un amico, non riusciva a condividere più nulla. Ripensò al suo arrivo in fabbrica, giovanissimo, equilibrato anche se timido. Chiacchieravano, andavano qualche volta all'osteria o a casa sua anche solo per bere un caffè.

Poi il primo cambiamento di umore, così repentino e per Tonio indecifrabile. Vedendolo su di giri aveva pensato al coinvolgimento di una donna; tuttavia, non ne aveva mai avuto conferma.

In seguito, sempre d'improvviso, un capovolgimento di atteggiamento: una chiusura quasi totale accompagnata da sofferenza indussero Tonio a volerlo in qualche modo aiutare.

«Questa volta non mollo, a costo di trascinarlo mangerà a casa mia.»

Quando i due si ritrovarono durante la breve pausa di metà mattina Tonio, con sua grande sorpresa, non dovette insistere.

Mario colse al volo l'occasione; si sentì sollevato al pensiero di trascorrere una serata diversa, avvertiva il bisogno di evadere un po'. A fine giornata passò da casa per avvisare i cugini che avrebbe cenato fuori.

Nello spogliarsi gettò occhiate dalle finestre. Riuscì a intravedere le rive del lago animate da piccole onde nervose, ma al largo l'acqua era nera, misteriosa: la guardava con prudenza, contento di tenersi lontano.

Nel castagno era già iniziato il lento ritiro della clorofilla. La sua immagine si sovrappose a quella di lui bambino, mentre costruiva strade di ricci sistemandoli con delicatezza per non pungersi. Fra curve spericolate guidava automobili di un bruno lucente che la sera avrebbe mangiato, ammollate nel latte.

Deglutì, come se le castagne di allora fossero ancora impigliate nella gola, farinose e bollenti che solo un sorso di latte, "forza, bevi", riusciva a disincagliare: ma era un coagulo di rabbia e ripicca, che ingerì con un sorso d'acqua. Si sentiva meglio e si stupiva di percepire addirittura un senso di liberazione. Forse, la prospettiva di una serata in compagnia lo stava aiutando, non si era accorto di quanto ne avesse avuto bisogno.

Al diario affidò solo poche righe: «Sbarazzandomi dal rancore non mi è rimasto niente, nemmeno l'amore, come se l'uno fosse l'altro. Mi sento leggero».

D'improvviso lo prese un desiderio di gratitudine verso il possente albero e una brama di fare qualcosa per lui. Quando, prima di uscire, scese dal padrone a chiedergli di adoperarsi presso il sindaco affinché l'albero, almeno per quell'anno, non venisse potato, aveva la netta sensazione di aver chiesto un favore per sé.

Dal soffitto della cantina penzolava un assortimento di insaccati. I cugini amavano assaggiare di tanto in tanto roba nostrana, ma soprattutto ci tenevano a far bella figura con gli invitati, specialmente se arrivavano dalla città.

Naturalmente a Mario era stato più volte offerto un assaggio misto, e lui aveva apprezzato anche se non c'era paragone con la roba sua, quella di casa, e al solo pensiero gli pareva di gustare il lardo, bello sodo al taglio ma morbido da sciogliersi in bocca.

Passò la lingua sulle labbra, dove si era depositato l'aroma denso e pesante di quel ben di Dio, poi andò deciso in fondo alla cantina per fermarsi sotto quattro salami, di varia grandezza, discosti dagli altri: erano i suoi, quelli che si era portato dopo la *mazza*. Li toccò, ne staccò uno, fin troppo stagionato e un po' indurito ma perfettamente conservato: sapeva di spezie e vino amalgamati con armonia e perfezionati dal tempo.

Era sicuro che poteva essere un regalo gradito. Si gettò nella piazza e si soffermò sotto il castagno per comunicargli la sua allegria.

Che lo guardassero pure tutti camminare con noncuranza al centro del vicolo, indugiare nella luce irradiata dalle finestre illuminate e sollevare il viso con la voglia di incrociare sguardi curiosi. Era cosa nuova spostarsi di notte senza precauzioni per non essere visto, e pensava ai ripetuti trasferimenti per incontrare Iacco tenendosi nell'ombra e a quando, arrivato da poco in paese, rasentava i muri, timido e goffo.

I genitori di Tonio, affabili e di cuore, avevano subito trattato Mario come fosse figlio loro, anche se si erano incontrati soltanto poche volte, di domenica, giusto il tempo per un caffè perché lui era sempre di fretta.

La cucina era piena di gente, confusione di voci, profumo di cibo. Gli ricordava la sua famiglia. Il locale era ampio e la luce, proveniente da un lampadario smaltato di bianco identico a quello di casa sua, si riversava tutta al centro della tavola, lasciando gli angoli in penombra.

Tonio gli venne incontro: «Vieni, c'è gente che ti voglio far conoscere».

Tonio però si dovette scansare al sopraggiungere invadente della madre, che abbracciò Mario con mille moine per poi ritornare in fretta ai fornelli. Si avvicinò Rosa, la sorella; graziosa e timida lo salutò abbassando lo sguardo, poi si ritrovò fra le mani un bicchiere di nostrano.

«Bevi, bevi, alla salute», gli disse il padre di Tonio con un sorriso gioviale e buono.

«Vieni, Mario», insistette Tonio strattonandolo per un braccio come a volerlo liberare dall'assalto dei parenti. «Ecco mio fratello Remo, finalmente te lo posso far conoscere, e questo è un amico, Iacco.»

La faccia di Mario s'infiammò tanto da sembrare cotta dal sole. Per sua fortuna la mezza luce del cantuccio a margine della cucina sviliva l'intensità della vampa. Preso in un vortice di emozioni, i pensieri si formavano e si trasformavano senza logica. Il panico lo colse, tuttavia riuscì a dominarsi: senza parlare allungò la mano prima all'uno poi all'altro. Dopo il cordiale benvenuto di Remo, Iacco lo salutò stringendogli la mano senza batter ciglio.

La polenta fumava sul grande piatto di legno posto al centro della tavola. Il salame portato in dono era stato affettato e disposto assieme al cotechino, non mancavano il bricco di latte e un bel pezzo di formaggio. Un pasto da giornata speciale, solitamente preparato per le feste importanti.

Tuttavia, Mario non riusciva a gustare al meglio tutta quella bontà: la sorpresa di quell'incontro, oltre ad averlo scosso, lo obbligava a riflettere sul comportamento di Iacco. Era rimasto sconcertato dal suo perfetto controllo delle emozioni, non lo credeva capace di tanto. Si sarebbe aspettato almeno di vedere un segno di sorpresa o di imbarazzo. E se non avesse avuto emozioni da controllare? Allora aveva l'abitudine alla menzogna e al doppio gioco, e con quale freddezza! Altro che la sua doppia vita gestita a colpi di rossori improvvisi, di insicurezze e voglia di isolarsi. Il comportamento di Iacco suscitava nella gente la sensazione di un uomo disponibile, cordiale e aperto a nuovi incontri. Di certo, dopo la stretta di mano, era Mario a trovarsi in una situazione di svantaggio. Rifletteva sui mesi trascorsi dopo la sera in cui Iacco l'aveva ignorato lasciandolo solo e disperato fuori casa, mesi in cui aveva aspettato invano un gesto di scuse da parte sua.

Poche ore prima gli era addirittura sembrato di essere in procinto di superare la tormentata dipendenza da lui e il rancore ancora provato nei suoi confronti. La sera stessa, in modo così inaspettato, ricadde nello sconforto. Avrebbe avuto bisogno di più tempo per liberarsi da quella relazione di passione e sofferenza.

Da bambino sapeva arrestare il rumore devastante del torrente ingrossato dal temporale con un cuscino pressato attorno alle orecchie. Ora il torrente gli scorreva dentro.

Gli invitati fecero onore al cibo. Tonio invece era preoccupato: aveva notato il disagio del suo amico al momento della presentazione di Remo e di Iacco e aveva iniziato a porsi delle domande. Tra un boccone e l'altro lo osservava. Vedeva un viso teso e pallido; la bocca si chiudeva con piccoli scatti oppure rimaneva come sigillata, mentre i muscoli delle mascelle si contraevano con evidenza. Per lunghi momenti restava immobile, la forchetta stretta in una mano, il tovagliolo nell'altra. Poi riprendeva a mangiare e si sforzava di partecipare alla conversazione. Tonio notò che evitava di guardare Iacco.

"Deve essere successo qualcosa tra di loro!" pensò.

Anche Rosa teneva d'occhio il nuovo arrivato. Fin dalla prima volta che l'aveva incontrato, si era sentita attratta da Mario, ma la timidezza le aveva impedito ogni iniziativa. Ora, seduta di fronte a lui, si rese conto dell'opportunità. Lo guardò di soppiatto, doveva assolutamente inventarsi qualcosa per farsi notare, sarebbe bastato un argomento alla sua portata. Il commento al lavoro a maglia, per esempio, quello che teneva tra le mani al suo arrivo e stava appoggiato su uno sgabello in bella vista: avrebbe potuto spiegargli che stava facendo le calze ai fratelli o addirittura proporsi di prepararne un paio per lui. Sarebbe stata sufficiente una sola parola. Latte. Ecco, se solo le avesse chiesto il latte lei gli avrebbe passato il bricco inventandosi qualcosa di banale come: "È fresco, munto questa mattina". E poi avrebbe potuto raccontargli che le bestie erano appena fuori paese; l'avrebbe accompagnato volentieri per visitare la fattoria. Mario, però, non parlava, soprattutto non con lei. Non la guardava nemmeno. Se l'avesse guardata avrebbe potuto almeno sorridergli.

Iacco rallegrava la compagnia: raccontava, gesticolava, era simpatico e spiritoso. L'argomento era quello caro a molti giovanotti, in cui si esaltavano le avventure vissute durante il servizio di leva. Il suo racconto era divertente, un susseguirsi di scene comiche, di situazioni inverosimili, intervallate dalla descrizione di imprese quasi eroiche.

Il suo brillante eloquio coinvolgeva tutti. Mentre parlava, guardava i commensali a uno a uno, li catturava con lo sguardo, sembrava un attore. La disinvoltura e la tranquillità con cui guardava anche Mario confondevano Tonio.

"Non capisco. È dunque solo Mario ad avercela con lui."

La cena si era protratta a lungo e dal campanile giungevano i rintocchi della mezzanotte. Il bicchierino della staffa stava per sancire la fine della serata. La stanchezza svuotò i discorsi, l'entusiasmo si esaurì. Iacco non se ne accorse, aveva bevuto troppo perdendo così il senso della misura. Continuava a parlare, mentre gli altri ormai non lo ascoltavano più. I commensali, accomunati dallo stesso disagio ma incapaci di ammansire una personalità forte come la sua, a poco a poco e con qualche scusa si alzarono per prepararsi a uscire. Si soffermarono ancora un po' per le ultime consuete battute prima del commiato. Rosa, rendendosi conto che la compagnia si stava sciogliendo, sentì la necessità di agire per assecondare un'idea che le era venuta lì per lì. Apparentemente senza riflettere, si allontanò dalla tavola e imboccò il lungo corridoio che conduceva alle camere e al bagno. Ritornò poco dopo, sembrava in preda all'urgenza e nella foga urtò l'appendiabiti che cadde rovinosamente trascinando un cumulo di giacche.

«Rosa, che fai!»

* * *

Aveva atteso a lungo l'incontro con Iacco, ma il caso aveva voluto che avvenisse proprio quella sera, in modo imprevisto e nel luogo meno idoneo. Avrebbe voluto tornarsene a casa in fretta, da solo, tirarsi sotto le coperte e addormentarsi subito, sperando che la notte mettesse un po' di ordine. Invece ecco risvegliarsi nelle viscere quel rimescolio molesto. Non aveva scampo, avrebbe dovuto competere, suo malgrado, con gli avvenimenti di quella notte sleale.

«Ti accompagno», disse Iacco.

Gli eventi, quella sera, avevano deciso per lui e si imponevano mossi da una volontà propria. I due uomini camminavano fianco a fianco nel buio. Mario buttava là i passi a fatica, come se rabbia e imbarazzo avessero addensato l'aria. Non parlava, avanzava immusonito con lo sguardo a terra.

«Che c'è Mario? Sembra che ce l'hai con me. Da mesi non ti fai più vedere e ora non mi parli!»

La sfrontatezza di quelle parole, l'abile tentativo di ribaltare i fatti e dunque di scagionarsi da qualsiasi responsabilità, spinsero Mario a reagire. Si voltò di scatto, carico di un rancore che non riusciva più a dominare; si avventò su di lui e, prendendolo per il bavero, lo scosse con forza.

«Come ti permetti, vigliacco! Mi hai lasciato fuori casa come se fossi nessuno, mentre tu te la spassavi con non so chi.»

Iacco non si aspettava certo una reazione così determinata. I riflessi ritardati per il troppo vino, si lasciò sorprendere da un pugno che lo raggiunse in piena faccia. Crollò pesantemente a terra. Con fatica si tirò su, una mano appoggiata sul terreno e l'altra a palparsi la guancia. Riuscì a malapena a scorgere Mario di schiena prima che questi venisse inghiottito dalla notte.

Mario si concesse di assaporare questa soddisfazione fino in fondo: con il mento sollevato e le narici dilatate inspirò l'aria della notte.

Si era fatto giustizia, gli sembrava di aver messo le cose a posto e si sentiva disponibile persino all'incontro con le sorelle.

Lo aspettava una bella dormita.

Prima di sfilarsi la giacca tolse dalla tasca le chiavi del portone. Voleva lanciarle provando a centrare una scatoletta di cartone posta sul comodino: era una sfida maniacale che faceva da sempre. Nello sfilare le chiavi di tasca, qualcosa cadde a terra: era un cartoncino bianco, con i bordi ondulati. Quando lo girò, restò di stucco: una fotografia di Rosa.

❋ ❋ ❋

Determinato a ignorare la diffidenza che nutriva per il lago, per la prima volta Mario decise di scendere fino alle sponde sassose. Si avviò lungo la strada che portava fuori paese e che poi, digradando verso la riva, si mutava in sentiero polveroso.

Le onde battevano sui sassi, scivolavano in avanti nei punti sgombri, dove la sabbia grigia veniva rimescolata senza sosta.

Mario contemplava lo specchio d'acqua che gli sembrava infinito. Sulla superficie una pellicola oleosa si muoveva flessuosa senza rompersi, s'ingobbiva appena verso il cielo per poi incavarsi a scrutare il fondale. Era attratto da quell'ondeggiare cadenzato e armonico anche se, allo stesso tempo, si sforzava di tenere a bada il senso d'insicurezza.

Fra le sue montagne, invece, sapeva cogliere gli umori dell'acqua: ne conosceva in anticipo la forma leggendo le nuvole, annusando l'odore acre di terra bagnata catturato dall'aria nello scivolare sul bosco, sopra i campi. Prevedeva la forza dei temporali, quella dei torrenti che trasportavano tronchi e sassi con un rombo che sembrava gareggiare con i tuoni. E la faticosa costanza per ripulire, a bufera avvenuta, pascoli e sentieri.

Si sedette su un masso tirando le gambe a sé per evitare gli spruzzi e fiutò l'aria che sapeva di pesce.

Si scompose un attimo, solo per poter sfilare dalla tasca l'ultima lettera di sua madre. Qualche settimana prima l'aveva riposta nella scatola in tutta fretta, in preda all'irritazione. Presto sarebbero arrivate in visita le sorelle e lui avrebbe dovuto rispondere alle loro domande e raccontare della sua vita senza lasciar trapelare atteggiamenti discordi. Doveva dunque assimilare meticolosamente le curiosità e le richieste scritte di Gemma.

Rimuginando attorno alla questione gli era impossibile non provare fastidio: pur essendo lontano da casa si sentiva addosso gli occhi di tutta la famiglia. Stracciò la lettera in tanti pezzi per affidarli alla brezza che li sparpagliò. Si risistemò ben saldo sul colmo del masso, le ginocchia strette fra le braccia. Con gli occhi semichiusi rivolse al lago un interesse distratto.

Si mantenne a lungo nella medesima posizione, come il gatto di casa che, accucciato sulla soglia, dissimula la sua attenzione fingendo di dormire.

Rientrato a casa, Mario trovò la soluzione: prese carta e penna e scrisse alla madre, allegando una fotografia e richiudendo la busta che avrebbe poi affidato alle sorelle.

* * *

Lucia e Angela erano appena rientrate dalla visita al fratello.

Una tazza di caffè fumante le accompagnava mentre raccontavano dei tre giorni trascorsi da Mario.

Sapevano che a Gemma ciò che premeva davvero era sapere del figlio.

«Allora, com'è stato?»

«Ha una stanza tutta per lui, mamma, è grande, ha due finestre con una bellissima vista, piacerebbe anche a me», disse Angela.

«E i cugini sono davvero gente simpatica, generosa e», aggiunse Lucia sfregando il pollice con l'indice, «stanno bene!»

«Ci hanno preparato una specie di camera nel salotto, stavamo proprio comode.»

«E Mario? Ditemi di lui, come l'avete trovato?»

La tazzina stretta tra le mani vicino al viso inumidito dal vapore, le sorelle soffiavano sul caffè bollente prima di concedersi una breve sorsata.

«Sta bene!» disse finalmente Angela. «Sì, l'ho trovato bene...», ripeté lasciando l'osservazione come sospesa, tanto che Gemma si aspettava che continuasse con un "ma".

Lucia sapeva che la sorella tendeva a credere che Mario fosse torturato da una perenne angoscia, tuttavia non voleva che ne facesse cenno con la madre.

«Sta benone!» aggiunse con fare deciso. «Ci ha mostrato lo stabile della birreria spiegandoci tutti i passaggi della lavorazione dell'orzo... Ah, quasi dimentico, ho una lettera da parte sua per te, in valigia. Salgo a prenderla.»

Angela temeva l'apertura di quella busta: dentro di lei sentì insinuarsi la solita inquietudine che la prendeva per tutto ciò che concerneva il fratello.

Nei tre giorni trascorsi assieme avrebbe voluto parlargli, chiedergli se veramente tutto andasse per il meglio, ma non riusciva a esprimersi, bloccata dal suo solito fare severo e scontroso. Una sera avevano incrociato una ragazza e Mario, un po' imbarazzato, aveva fatto le presentazioni.

«È Rosa, la sorella del mio amico Tonio... Loro sono le mie sorelle, Lucia e Angela.»

Le due ragazze avevano poi ipotizzato a lungo su quell'incontro: secondo Lucia la giovane era imbarazzata per un eccesso di timidezza, mentre Angela era convinta che doveva esserci qualcosa di più.

Avevano ragione tutt'e due; quello era stato il primo incontro fra Mario e Rosa varie settimane dopo la cena da Tonio.

Erano a disagio entrambi ed entrambi benedicevano la presenza delle ragazze.

Gemma, concitata, aprì la lettera; inghiottì le poche parole scritte sulla carta che lei stessa gli aveva regalato.

«Ci dev'essere anche una fotografia nella busta!»

«Eccola, mamma.»

«Ragazza carina, e speriamo sia anche brava.»

* * *

Una sera se ne stava disteso sul letto allungando lo sguardo oltre la finestra; il cielo nuvoloso appariva spento. Mario, incantato nell'osservare il grigio diffuso che sembrava pulsare, scivolò nel suo mondo interiore.

Ed ecco apparirgli il viso severo di sua madre. Galleggiava davanti a lui come la lanterna che da bambino reggeva con un bastoncino illuminando la notte del primo agosto. Mostrava un'espressione seria e sprezzante, quasi cattiva. Solo un filo d'aria passava tra i due visi, tanto che Mario temeva di scivolare dentro i solchi delle rughe, o di annegare nelle pozze nere degli occhi. La bocca rigida era perfettamente chiusa, ma gli arrivavano comunque le sue dure parole. Lo rimproverava, lo esortava a cambiar vita, forse era ancora in tempo a ripulire la sua anima. "Devi trovarti una brava ragazza da sposare, al più presto, come fan tutti, come fan tutti, come..."

Poi, quando l'affanno diventò insopportabile, ecco apparire, in un gioco di dissolvenza incrociata, un altro viso. Era quello di Martina in un campo di fiori. Gli occhi limpidi esprimevano pacatezza e serenità. La bocca semiaperta formava una linea morbida, il viso ridente irradiava un'accoglienza protettiva. Mario desiderava perdersi nel suo abbraccio.

Ed ecco, inaspettatamente, ricomparire la madre: rimproverava la rivale di mal consigliare suo figlio, la incalzava sempre più minacciosa, tanto che Martina aveva dovuto difendersi.

La lite era stata violenta, la loro forza era bilanciata e sembrava impossibile che dal duello sortisse una vincitrice. Da allora Mario si portava dentro un grumo rabbioso mosso da una lotta perpetua, senza speranza.

Mario si sentiva come un topo intrappolato. Lo sportello della sua gabbia si era chiuso nel momento in cui aveva consegnato alle sorelle la busta con la foto di Rosa.

"Mi trovo in una situazione insostenibile, non so più cosa fare, come comportarmi, mi sento in balia della vita", così annotò nel diario. Sapeva che d'ora in poi sarebbe stato costretto a sostenere il ruolo di fidanzato e nel contempo assecondare la sua vera natura.

Non poteva dimenticare Iacco. Lo disprezzava per la sua inaffidabilità e per averlo trattato con strafottenza e tuttavia lo desiderava. Avrebbe voluto nascondersi fra le sue braccia, affidargli le responsabilità del proprio agire, forse persino quella della sua identità, sentirsi sostenuto nel duplice ruolo che si era creato suo malgrado. Nei momenti di intimità Iacco era in grado di alleviare il tormento della sua anima gonfia di sensi di colpa.

Gli capitava di svegliarsi di soprassalto prima dell'alba con l'angoscia raggrumata nelle viscere: Gemma e Martina a fare a pugni dentro di lui. Si recava quindi alla fabbrica e iniziava a lavorare come un dannato.

Sollevò la testa dal diario e contemplò il castagno. Gli pareva lontano e non gli era di conforto. Avvertiva pure un rimprovero, come uno scricchiolio secco e duro dei rami. Si sentiva come la barchetta sul lago, quella che si lasciava sospingere dal vento e trasportare dalle onde, in balia di quell'acqua scura e profonda che lo spaventava.

Non era più solamente la cugina a osservarlo con curiosa preoccupazione ma, da quando iniziava il lavoro già prima dell'alba, anche il padrone si era impensierito.

«Tutto bene?»

Mario eludeva qualsiasi domanda. Non riusciva a essere sincero. Troppi conflitti e sensi di colpa, troppa arrendevolezza di fronte agli eventi della vita.

Quando decise di rendersi indipendente, i cugini non si stupirono.

Aveva scelto un monolocale a pianterreno valutando la posizione un po' isolata del luogo e l'affitto a un buon prezzo. Due grandi finestre davano su un luminoso cortile rivolto a sud; gli era sembrato che l'ampio spazio fosse in grado di tenere a distanza le altre case.

Non poteva sapere che, la sera, un nugolo di ragazzi si radunava proprio in quell'area per giocare a calcio. Temendo potessero cogliere frammenti della sua intimità, decise di appendere alle finestre alcuni pesanti tendoni.

Anche sul lavoro si era isolato dal gruppo di operai, erigendo muri di scontrosità. Solo Tonio avrebbe voluto penetrare quella coltre di malumore.

«Allora, com'è la nuova vita?»

«Di nuovo non c'è niente, ho solo cambiato casa.»

«Vieni da noi a cena questa sera, c'è il risotto col brodo di carne.»

Mario acconsentì con un'alzata di spalle.

La sera, nel tragitto verso casa, Tonio tentò nuovamente di farlo parlare: le risposte secche e concise avevano però la forza di una barricata.

Durante la cena nemmeno Rosa, per l'occasione tutta bella e civettuola, riuscì a scuoterlo, ma in cuor suo non voleva desistere.

Un giorno, parlando con un'amica che le raccontava di un suo viaggio a Torino, a Rosa venne un'idea, una possibilità per tentare di infilarsi nella vita del giovane operaio. La proposta di fare di tanto in tanto dei viaggi assieme, di domenica, soddisfaceva tutti e due: lei avrebbe potuto godersi la vicinanza dell'uomo e lui sostenere la farsa della fidanzata.

Gemma appoggiò sul tavolo l'ennesima cartolina.

«Arona, Stresa, Isola Bella, Varese», rifletteva. «Ovunque ma mai qui.»

❋ ❋ ❋

Inaspettato, un bussare nella notte. Nel semplice gesto di aprire la porta, la diffidenza si trasformò in stupore.

I due uomini si guardavano e tacevano, il silenzio metteva soggezione. Fu Mario ad allontanare l'imbarazzo: «Entra!».

Tutto a un tratto, il peso del lungo periodo trascorso senza Iacco si dissolse, portandosi via risentimento, umiliazione, rabbia, disistima di sé. Guardò l'uomo elegante che aveva di fronte e sentì un fiotto di felicità. Richiuse la porta e, per un attimo, un fastidio, come un avvertimento, tentò di scalfire il suo buonumore. Non ci volle pensare e subito controllò meticoloso i tendoni.

Non discussero degli avvenimenti che li avevano tenuti lontani.

Nessuno dei due aveva voglia di ripensare ai fatti passati e Mario temeva potessero rovinare quel ritrovato momento di pace.

Decisero che d'ora in avanti sarebbe stato Iacco a raggiungerlo: il monolocale era preferibile per la sua posizione appartata.

Mario non avrebbe più dovuto percorrere tratti di strada a testa bassa, tenendosi nell'ombra. Fu l'inizio di una routine che meglio corrispondeva alla sua natura riservata.

Le visite dell'amico gli infondevano sicurezza e fiducia. La strafottente frivolezza e la sicumera di Iacco gli erano d'aiuto.

«Cosa te ne importa della gente e di tua madre, non è mica qui! E poi di chi è la colpa se sei fatto così?»

«Sì, ma Rosa è così...»

«Così un corno! È lei a insistere, no? E allora? Può solo essere soddisfatta.»

E Mario si convinceva, lasciava che le parole di Iacco scendessero giù, a zittire la coscienza. Durava fintanto che rimaneva con lui, fino a che la sua presenza e la voce forte, da affabulatore, s'imponevano. Rimasto solo, quel momento di sollievo svaniva. Disteso sul letto, al buio, sognava di essere nella sua vecchia camera e di guardare da una finestra, e poi dall'altra mentre il castagno lo salutava benevolo con un leggero fruscio della chioma. Il lago, invece, si dimostrava indifferente. Temeva di annegarci.

* * *

Da un pezzo non vedeva più la cugina e una mattina la incontrò in fabbrica. Aveva in mano una borsa di stoffa, sembrava pesante.

«Ciao Mario, che piacere vederti. Come stai?»

«Oh, Caterina, buongiorno. Sto bene, e lei? Come mai alla fabbrica?»

«Porto il pranzo e un po' di vino a mio marito.»

«Ha deciso di mangiare sul lavoro?»

«Solo oggi. Ma passa a salutarmi qualche volta, mi mancano tanto le tue visite.»

L'incontro con la cugina, il suo sguardo acuto, gli rammentarono la vicenda della vestaglia di seta, trasformata in un fagotto stropicciato e probabilmente intriso di legno marcio. Il ricordo di quella prima volta gli si addensò nello stomaco e per tutto il giorno lo sentì pungere come un sassolino aguzzo: quel momento aveva segnato l'inizio del desiderio per il travestimento, anche se ormai quella brama si era trasformata in una fantasia fiacca. Quando stava con Iacco sembrava che la donna nascosta si assopisse e si augurava che piano piano si addormentasse per sempre.

"E se non fossi salito nel sottotetto quella sera, come sarebbe la mia vita ora?"

La immaginò diversa, forse più facile, scandita da amicizie con uomini e donne. Una vita corretta e semplice, non macchiata dalle bugie né complicata dai sotterfugi. Soprattutto si immaginava leggero, libero dal tormento di sentirsi diverso.

Ma quella stessa notte, impaziente, avrebbe aspettato Iacco.

«Ho pensato che una bicicletta mi farebbe comodo. La userei per andare e venire dalla fabbrica e potrei fare qualche giretto la domenica. Mi piacerebbe tanto, cosa ne pensi?»

«È una buona idea», rispose Iacco. «Io ne avrei una, ma è conciata male. Quando ne ho comperata una nuova non l'ho gettata, più per pigrizia che per altro.»

«Se me la dai, la rimetto a posto.»

Il piccolo porticato addossato alla casa, sul lato del cortile, era diventato il suo laboratorio; avrebbe potuto lavorare anche nei giorni di pioggia e, la sera, al riparo dall'umidità. Iacco non aveva esagerato: la bicicletta era arrugginita e sporca e aveva bisogno di manutenzione; i freni dovevano essere regolati, la catena lubrificata, la dinamo ripulita, i copertoni sostituiti e il sellino ricucito. Dopo tre settimane di lavoro serale, la bicicletta era pronta per essere inaugurata la domenica successiva.

Cadeva una pioggerella fine e fresca, e tuttavia Mario non si lasciò dissuadere. Le gocce di pioggia lo colpivano in viso come tanti piccoli aghi: un massaggio che cambiava di intensità a seconda della pedalata. Nei tratti in cui la strada era diritta e liscia, alzava il viso e socchiudeva gli occhi controllando cielo e terra in un gioco imprudente. Pedalava veloce per gustarsi l'intensità delle piccole gocce pungenti per poi rallentare e accoglierle come carezze sulla pelle. Il sangue circolava con vigore. Percepiva la forza, l'energia nei muscoli delle gambe, l'ebbrezza del rischio e la soddisfazione di poterlo dominare.

Si fermò al bordo di uno stagno. Le rane, al suo arrivo, si tuffarono per nascondersi nella melma. Le gocce di pioggia e le onde concentriche create dai piccoli anfibi ne increspavano la superficie. Contemplò il proprio riflesso che dondolava come sott'acqua, sfocato e rotto in diversi punti. L'immagine gli ricordava lo specchio della sua vecchia camera, quella presso i cugini: anch'esso spezzava la sua figura rendendola confusa e difficile da ricreare nella sua interezza.

Sentì un brivido, doveva tornare.

Si avvicinava il giorno del suo compleanno. Non era abituato a festeggiare sebbene sua madre non avesse mai dimenticato di sottolineare l'evento mandandogli qualche camicia nuova o calze di lana confezionate durante l'inverno. Quell'anno doveva essere diverso. Iacco aveva comunicato all'amico che sabato, il giorno dell'anniversario, desiderava festeggiare con una buona cenetta. Avrebbe cucinato lui.

Dal canto suo, Rosa aveva organizzato un viaggio proprio per lo stesso sabato; credeva che una visita a Milano potesse essere un regalo interessante.

Si erano incontrati il venerdì sera, all'uscita dal lavoro. Lei l'aveva aspettato raggiante per dargli la notizia. Tante volte avevano espresso il desiderio di visitare la grande città e ora se ne presentava l'occasione. Mario non si raccapezzava, come mai all'improvviso tanta generosità nei suoi confronti? Nessuno si era mai sognato fino ad allora di sottolineare l'evento con qualcosa di più di un semplice augurio.

Sarebbe stato un viaggio impegnativo, la più lunga delle loro escursioni, avrebbero dovuto partire prestissimo e rientrare tardi, fuori tempo per la cena. Doveva convincerla a rimandare, ma come? Decise per la banale scusa della stanchezza. Cos'altro avrebbe potuto inventarsi?

«Non è possibile Rosa, sono troppo stanco.»

La ragazza si era arrabbiata, non gli credeva e soprattutto non si spiegava il rifiuto di un regalo così generoso. Lui era imbarazzato, difendeva la sua scusa con difficoltà. Poi aveva visto le sue lacrime e si era commosso. Le aveva messo un braccio sulle spalle, scostando una ciocca di capelli che si era appiccicata alla guancia.

«Grazie per il pensiero, lo apprezzo molto, davvero. Rimandiamo di due settimane, ti va? La settimana prossima c'è tanto lavoro, più avanti si può fare.»

Non si era mai spinto fino al punto di abbracciarla, lui stesso ne era sorpreso e infastidito, ma il gesto aveva rincuorato la ragazza.

La candela in mezzo al tavolo era quasi consumata. Gli ossi di gallina spolpati formavano un mucchietto sul bordo dei piatti assieme alla pelle troppo grassa. Nella bottiglia era rimasto poco vino.

«Forza, finiamolo», disse Iacco distribuendolo in parti uguali. Mario era contento, una cena davvero ricca e gustosa, come quella che preparava sua madre nei giorni di Natale. La pancia piena, la testa ovattata, si sentiva in pace. Quando il compagno si assentò un attimo per andare in bagno, Mario guardò lo spettacolo offerto dal tavolo ormai cosparso da rifiuti e oggetti sporchi. Non l'aveva mai visto così affollato ma, appesantito dalla cena, non aveva voglia di riassettare. Al ritorno di Iacco, era ancora mollemente seduto con le braccia a penzoloni.

«Un regalino per te», disse Iacco e posò, tra una forchetta e un bicchiere unto, un pacchetto elegante, ben confezionato. «Su, apri!»

Con le grosse dita, Mario lo scartò con lentezza.

«Coraggio», lo incitò l'amico. «Non ci ho nascosto niente che ti possa mordere!»

Allora, sollecitato, strappò la carta facendo apparire un indumento femminile. Lo distese davanti a sé. Si trattava di una bellissima camicia da notte in pizzo bianco. Ebbe un sussulto e pensò che quel regalo, pur non mordendo, costituiva un pericolo e aveva la forza di una bomba: temeva che il suo botto potesse ridestare una parte di sé che gli piaceva immaginare sopita.

«Indossala.»

«In che senso, indossala?»

Come poteva sapere Iacco delle sue manie? E cosa voleva da lui ora?

Sudava. Un leggero capogiro gli provocava la nausea. Il regalo di Iacco e la richiesta che ne era seguita lo avevano disorientato, ciononostante non oppose resistenza.

Le due del mattino, rimasto solo, Mario ripulì e riordinò la casa. Poi si avvicinò al letto, passò la mano fra le lenzuola, le percorse indugiando su ogni punto. Inalò l'odore dell'amore, rivide i gesti, riprovò le emozioni. Poi si sedette sul letto sfatto, la testa tra le mani.

Era giunto il momento di riflettere, mettere ordine tra i pensieri e guardare in faccia i suoi desideri fino a conoscerli meglio. A tale proposito aveva messo a fuoco due questioni: l'una riguardava la relazione con un uomo, l'altra il bisogno di travestirsi da donna. Finora le aveva tenute separate l'una dall'altra convincendosi così di poterle controllare meglio. Aveva la sensazione di poter gestire la donna nascosta, di zittirla e, a volte, di riuscire perfino a ignorarla tanto da arrivare a credere che fosse scomparsa. In questo modo si illudeva di alleggerire il peso che lo opprimeva.

Mario ancora non riusciva a comprendere in modo chiaro il dramma che stava vivendo, ma il colpo accusato la sera del suo compleanno aveva sgretolato un po' di resistenze e una flebile luce tentava di rischiarare il disordine che aveva in testa.

Gli incontri con l'amante ora si ripetevano includendo la variante del travestimento. Iacco lo voleva così, e Mario, per quanto coltivasse ancora l'illusione di poter abbandonare prima o poi la donna nascosta, in cuor suo cominciava a capire che gli apparteneva in modo profondo e che, al contrario, così facendo si andava consolidando sempre più, tanto da diventare parte integrante della loro relazione.

Una sera, per quanto atteso, l'amico non arrivò.

Ormai era tardi per tirarsi indietro, il rituale era innescato per cui avrebbe dovuto portarlo a termine da solo. Il controllo delle tende fu più meticoloso del solito con quel passare e ripassare, sormontarle da un lato, ricontrollarle dall'altro, uscire sul piazzale per assicurarsi la chiusura totale degli spiragli.

Una fiammella di candela nascosta da un paralume improvvisato allungava il tenue bagliore sulla parete dove stava l'armadio. Più che vederli, Mario indovinava gli indumenti al tatto: lasciava scorrere i tessuti tra le dita, uno dopo l'altro, doni di seta e di pizzo.

Ma era difficile, in solitudine.

Quella notte sognò di quand'era ragazzo. Di come intratteneva le sorelle e i fratelli con danze e recite, di quando si era inventato un gonnellino di pizzo nero usando il velo che sua madre avrebbe indossato per la messa. Poi, un pomeriggio d'inverno, l'ira di Gemma aveva bloccato questo suo bisogno d'esprimersi, in pochi attimi l'aveva spento, come un fuoco soffocato da una secchiata d'acqua.

Seduto a consumare la colazione, ancora turbato dal sogno, pensava con nostalgia a quanto gli piacesse avvilupparsi in stoffe raffinate o nei vestiti smessi delle sorelle. Era un piacere acerbo, ancora libero dai sensi di colpa.

Un pezzo di pane inzuppato finì nel latte. Mario si asciugò dalla guancia una lacrima bianca.

❋ ❋ ❋

Rosa non era riuscita a coinvolgere Mario e si era sentita umiliata dal suo rifiuto; tuttavia, il viaggio era solo rimandato, l'avrebbe atteso aggrappandosi al ricordo di lui nell'atto di consolarla. Si lasciò inondare dalla speranza.

Quella sera rimase distesa a occhi chiusi, bloccata in uno stato d'insonnia mentre il profumo del glicine, penetrato tra le stecche delle persiane, si spandeva nella camera.

Prese una ciocca di capelli, se la portò sotto il naso e la tenne premuta lì, intrappolata come un enorme baffo tra il labbro arricciato e le narici.

Inspirò a fondo godendo del suo odore, un'essenza di polvere e sudore che, nell'abbraccio, l'uomo le aveva stampato addosso.

Assecondò il ricordo galleggiando in sfolgoranti fantasie nelle quali immaginava un futuro radioso, sorretta e protetta dalle forti braccia di lui, accarezzata dalle sue mani callose che, nello scostare i capelli dal suo viso bagnato, sapevano trasformarsi in velluto.

Il momento tanto atteso arrivò accogliendola con un'alba serena. Si preparò con meticolosità soffermandosi a lungo di fronte allo specchio prima di raccogliere i capelli in una crocchia. Decise poi di indossare il suo abito migliore e, sopra, uno spolverino beige da lei stessa confezionato; dopo aver calzato scarpe comode ed eleganti al tempo stesso, appena prima di uscire si infilò in tasca un sacchettino di lavanda essiccata, per profumare di buono.

La certezza che Mario provasse affetto per lei l'aveva colmata di un ottimismo euforico trasformatosi in grandi aspettative per la giornata.

Il percorso fino a Milano non fu granché. Sui sedili sporchi del treno regionale, Mario e Rosa si accomodarono uno di fronte all'altra.

Lui sembrava ancora addormentato; per questo Rosa giustificò il suo scarso entusiasmo, soprattutto nei suoi confronti: infatti, non le aveva rivolto alcun complimento, eppure doveva essere piuttosto carina, pensò compiacendosi delle occhiate altrui.

Perlopiù Mario teneva gli occhi socchiusi o fingeva di interessarsi al paesaggio. Ciononostante notò, con una punta di fastidio, quanto Rosa fosse elegante e ben curata: pensò che avrebbe dovuto rivolgerle un complimento, non fosse altro che per alleggerire l'atmosfera, per ben cominciare la giornata. Ma preferì apparire meschino piuttosto che sdolcinato.

Invidiava la spontaneità di alcuni viaggiatori che attardavano lo sguardo sul viso delicato e giovane della sua compagna di viaggio; per contro, ammirava la compostezza di lei a quelle sollecitazioni: la vide sbirciare il viso di un ammiratore, indugiare, poi girare la testa lentamente e volgerla al finestrino.

Fu un affascinante uomo di mezza età, fra tutti, colui che si distinse per spavalderia cercando di allettarla con seducenti occhiate. Nonostante la timidezza e aiutata dall'insolita eccitante situazione, Rosa provò a lasciarsi coinvolgere: sfidò sé stessa nel prolungare e sostenere il contatto visivo con l'uomo; lo fece una volta sola, poi, vergognandosi, tolse lo sguardo. Nel farlo, non colse alcuna espressione di disappunto sul viso di Mario e ne fu indispettita. D'impulso decise di provocarlo, di ingelosirlo, guardandolo con sfida.

Il proposito però perse velocemente consistenza e sparì, disciolto dall'onda salvifica che in quel momento la stava cullando facendola sentire leggera e determinata.

Nell'atteggiamento della compagna, Mario notò una sicurezza inusuale, forse una compiacenza nel farsi guardare, ma senza arroganza e con un sottile distacco. Ciò che davvero lo colpì e al momento lo scombussolò, fu l'occhiata che lei gli rivolse: durò un attimo, ma si sentì trafiggere. Fu un messaggio potente e determinato, forse un incitamento a mettersi in competizione con gli altri maschi.

Una tale insolenza in Rosa proprio non si era mai palesata. Ci aveva poi visto giusto? In fondo la scena era durata un attimo solo.

Rosa a fatica riusciva a dissimulare un'esuberanza fino a quel momento a lei sconosciuta, tenendo a freno una voglia di creatività che bramava soddisfazione. Si immaginò nei luoghi più suggestivi della città dove avrebbero potuto camminare tenendosi stretti, o correre lungo vie eleganti soffermandosi per ammirare le vetrine alla moda. Come prima cosa desiderava raggiungere Piazza del Duomo, poi il planetario, del quale custodiva romantiche fantasticherie, infine pensò di visitare qualche museo.

L'ennesimo stridio dei freni che annunciava la loro meta distolse Mario dai suoi dilemmi. «Finalmente», sospirò.

Rosa era radiosa, i suoi bellissimi occhi emanavano gioia, tanto che Mario non poté fare a meno di osservarla mentre, con gesto energico, carico di entusiasmo e di dolcezza, si alzò in piedi. Suo malgrado ne fu colpito: si affidò così alla serenità di Rosa come era solito consegnare i suoi tormenti a Iacco.

Dopo aver dato il colpo di grazia all'inerzia residua del viaggio con un caffè amaro, puntarono dritto al duomo.

Anche se si attendevano una grande bellezza, ne furono sopraffatti: quella mole esagerata, con guglie elaborate protese verso il cielo come dita curiose, a rovistare il mistero. E Maria Assunta, lontana e accesa d'oro.

I due giovani si tennero in fondo alla piazza e guardarono in su gettando, ogni tanto, qualche occhiata attorno a loro. Senza rendersene conto si avvicinarono l'un l'altra: si sfiorarono le braccia, poi le mani. Per un istante che sembrò infinito rimasero così, vicini e rigidi. Fu lui a rompere l'imbarazzo proponendo di salire fin su, dove intravedeva un movimento di sagome umane.

E lassù, proprio sotto la Madonnina che pareva un sole, sostenuti dall'aura raggiante di Rosa mentre, trattenendo il respiro, abbracciavano con lo sguardo l'immensa metropoli, si presero per mano. Rosa avvertì il sentimento gonfiarsi nel petto fino a trasformarsi in una bolla d'amore. Stordita da una traboccante energia che la saziava e affamava allo stesso tempo, si immaginò un futuro su misura al quale avrebbe creduto a lungo.

* * *

Nel rievocare quel momento di intimità spontaneo ma avventato, Mario sentì un brivido di repulsione: non si perdonava di essersi lasciato imbrigliare, anche se con moderazione, dal fervore di Rosa, rafforzando in lei l'idea di un interesse sentimentale da parte sua. Da quel momento aveva tentato in tutti i modi di tenerla lontana avanzando mille scuse:

il ritorno al paese per qualche giorno, il lavoro di manutenzione per la bicicletta che, come Rosa doveva sapere, usava giornalmente e, di tanto in tanto, anche la domenica per fare passeggiate. E poi doveva riposare.

Si assopì, come spesso avveniva durante i viaggi in treno, e sognò casa sua. L'idea di tornare alla sua terra, di lasciarsi abbracciare da cose belle, dal profumo dei prati e del glicine, della legna e persino dall'odore di pollaio, lo consolò. Nessun essere umano nei suoi pensieri; né madre né sorelle o fratelli, nemmeno amici che chiedevano, che volevano sapere "dai racconta, come stai, e la morosa, il lavoro...".

Solo leggerezza.

Gemma, col tempo, aveva imparato a non fare domande, cercava di assecondare quel figlio difficile per non risvegliare in lui il risentimento. Ingoiava un dispiacere amaro, non per le menzogne che riconosceva perfettamente, bensì per quello che avvertiva e non sapeva e che non avrebbe mai potuto conoscere. Ascoltava in silenzio le giustificazioni: «Rosa lavora, la porterò presto a fartela conoscere».

Avrebbe voluto essere rassicurata o almeno consolata, ecco perché Gemma, solitamente forte e rigorosa nel pensiero così come nella vita, una sera, all'ora della mungitura, con fare apparentemente disinteressato attraversò il paese inseguendo un belato disordinato e dissonante.

«Ciao, Martina.»

«Oh ciao, come mai qui?»

«Così, passavo. Ti fanno tanto latte eh? Guarda che *pécc*!»

«Per fortuna, ce ne vuole per riempire la pancia dei gemelli, sono diventati grandi e grossi. Il maschio è apprendista nella falegnameria dove una volta aveva lavorato il tuo Mario, la femmina invece vuole diventare maglierista.»

«E già», aggiunse Gemma, che non aveva più niente da dire e non osava chiederle se avesse visto suo figlio.

«Ieri è stato qui», tagliò corto Martina intuendo la ragione della visita. «Non lo vedevo da un po'.»

«Non sta bene, è inquieto, preoccupato.»

«Anche tu sei preoccupata, ma Mario guarda che è un bravo ragazzo e ha la tua forza, se la caverà.»

«Vorrei proprio poterlo credere!» aggiunse Gemma, che già si sentiva sollevata.

La vita le chiedeva molto in fatto di energia. Invecchiando ne avvertiva il calo, si sentiva più fragile. Scambiare qualche parola, esprimere le sue apprensioni, la facevano sentire meglio.

Le rimpatriate di Mario non duravano quasi mai più di tre o quattro giorni. La brama di rivedere casa si consumava in fretta. Trascorreva le giornate trascinando un muso lungo. Persino le visite a Martina stavano perdendo il loro potere consolatorio, anche se gli odori, i suoni e il ripetersi dei gesti antichi risvegliavano in lui il ricordo di un benessere passato. Col tempo avrebbe imparato a conoscere la forza di quelle immagini usandole al bisogno.

* * *

Vispa, sorridente, con la voglia di rinfocolare la passione e con una bicicletta da uomo al fianco: Rosa si presentò così, una domenica mattina presto, sull'uscio della casa di Mario.

«Ciao!» disse.

Lui strabuzzò gli occhi cercando una possibile spiegazione per quell'insolita apparizione.

«Cosa mi porti? Ho già una bicicletta», azzardò, colmo d'imbarazzo.

«Non è per te, l'ho presa in prestito da mio fratello: oggi vengo con te.»

Mario respingeva ormai tutti gli inviti della donna con una miriade di scuse. Non riusciva ad affrontare la relazione in modo franco e ora eccolo lì, intrappolato nel disagio mentre Rosa sembrava ancora in preda a quel buonumore che un giorno aveva apprezzato, ma che ora lo irritava.

«È da uomo, non puoi usarla.» La voce sembrò uscirgli dal ventre, con la bocca contratta, il volto livido, rigido come una statua.

«Iacco!» Si sorprese la donna riconoscendolo. «Cosa ci fai qui?»

«Passavo... Mi sono fermato a salutare il mio amico», spiegò, apparendo nel fascio di luce incuneatosi dentro casa.

«Ah, di mattina presto già passavi di qui?»

«Esatto! Passavo.»

«Aspetta che mi preparo», annunciò Mario rianimandosi. Non aveva scelta; aveva sperato che Iacco se ne restasse fuori dal campo visivo, ma era quasi certo della sua intromissione: a lui piaceva scombussolare.

«Andiamo!» lo esortò Rosa con piglio deciso, e montò in sella lasciando che l'ampia gonna ricadesse sui lati.

Pedalarono lentamente lungo strade pianeggianti, lei davanti, la gonna svolazzante.

Si fermarono sul bordo del lago: le biciclette abbandonate sulla spiaggia, si confrontarono nel lancio dei ciottoli a pelo d'acqua. Lui era bravo, forte, imponeva ai sassi una velocità perfetta; lei scandiva invece il numero dei rimbalzi e, man mano che i sassi accorciavano la loro traiettoria, esprimeva il suo sostegno a gran voce affinché allungassero il più possibile la loro corsa.

«...Quattro, cinque, dai dai dai, otto, nooo... Annegato!»

Il gioco la coinvolgeva, si sentiva colma di un'energia che si era raggrumata nello stomaco in attesa di esplodere: si girò d'impulso aggrappandosi a lui come non aveva mai osato, lo abbracciò per avvicinare le labbra alle sue ma qualcosa la fermò. I muscoli dell'uomo erano rigidi, duri come pietre e lui teso, immobile. Sarebbe bastato questo a bloccare il suo slancio, in più notò il disgusto attraversagli il viso. Per Rosa fu un colpo.

Tentò di raddrizzare la giornata incitando Mario a continuare la pedalata; l'allegria che la giovane ostentava aveva però perso spontaneità.

Rimontarono in sella lasciando sulla riva del lago frammenti di buonumore che piano piano sarebbero stati lavati vie dalle onde e affondati assieme ai ciottoli. Mentre si allontanavano, le sagome delle biciclette sulla sabbia, intrecciate tra loro, già si stavano attenuando, disgregate in granelli grigiastri dal riflusso dell'acqua destinata a cancellare la traccia di una complicità durata poco.

Mario seguiva di malavoglia: quel fru fru di stoffa colorata, che si dibatteva nella brezza accompagnandosi a un garrire di bandiera al vento, lo costrinse a scivolare indietro quando, adolescente, poteva amare quello sbattere innocente.

Una rabbia triste s'impadronì di lui e la colpa era tutta di Rosa. Di botto la superò e, imponendo un'andatura sostenuta, prima la sfiancò e poi la piantò in asso.

«Qualcosa non va?»

La madre di Rosa si stava preoccupando. Da qualche tempo vedeva sul volto della figlia il colore della tristezza e il dolore fluire in un pianto silenzioso.

«Dimmi», insistette la madre. «È per lui, vero?»

La giovane si riscosse, si asciugò le lacrime e si diede da fare in cucina, in silenzio.

Di tanto in tanto le piaceva rifugiarsi nei ricordi, se li raccontava come fossero una fiaba dove lei, principessa, era destinata al suo principe. Ogni volta il risveglio era crudele, i sogni sbiadivano alla luce di una delusione accecante, immagini di una realtà recente che non era ancora in grado di capire fino in fondo, di accettare, ma che iniziò ad avvelenare la sua passione.

Aveva sempre pensato di essere lei la fonte del disagio, di certi scatti nervosi, dell'aggressività trattenuta di lui. Per questo motivo non reagiva, non si difendeva, anzi, cercava di agevolarlo, di accontentarlo nel tentativo di non complicare la situazione mentre lei si arrovellava nell'individuare i propri errori, le proprie mancanze.

Poi c'erano stati quegli episodi di avvicinamento e lei, fiduciosa, si era permessa di forzare un po' la mano.

Una sera si confidò con Tonio e lui la mise in guardia.

«Io gli sono amico, eppure ho sempre saputo che non è sincero con me. All'inizio sì, era anche più spensierato. È come se gli fosse capitato qualcosa di grave di cui non vuole parlare».

«Cosa?» rispose Rosa. «Si può discutere di tutto! Le cose brutte riguardano le morti, o le separazioni, o la perdita di amicizie. Senza dubbio sono dolori forti, però si possono superare, se ne deve parlare!»

«Ho la sensazione che riguardi lui stesso, capisci? Intendo qualcosa di molto personale che però mi sfugge. Comunque, sono supposizioni a cui non so dare una spiegazione; se cercherai di stargli vicino a tutti i costi, ti farà soffrire. Dammi retta Rosa, sei ancora in tempo.»

Era indecisa. Se il buon senso le suggeriva d'imporsi una scelta drastica, quel lato femminile eroico e incline al sacrificio la illudeva ancora di poterlo aiutare. Senza contare che ne era innamorata.

«Ci penso.» E dichiarò finita la discussione.

L'idea le venne una sera mentre al lago, seduta sulla sabbia umida, si gustava il solleticare della brezza sui piedi bagnati. La primavera era già nell'aria e più tardi le feste di paese avrebbero risvegliato l'allegria della gente. Ogni anno si teneva una sagra molto apprezzata, ne avrebbe approfittato. Sarebbe arrivata a festa inoltrata, al culmine dell'allegria, quando anche i più timidi, sostenuti da qualche sorso di birra in più, avrebbero potuto palesare i loro sentimenti.

Nel monolocale che era appartenuto a Mario nemmeno le mosche hanno il coraggio di volare. Lucia e Angela ora proseguono la lettura mentalmente, per pudore, meglio non lasciarsi sfuggire di bocca quelle confessioni, come se l'aria stessa potesse diffonderle.

«Aspetta Angela, non è finito, ci sono alcune pagine bianche e poi continua, guarda!»

La sorella risponde con un sospiro: «Avanti, allora!»

«Ma cos'è questa roba? Da qui via c'è una specie di manuale per la pesca.»

«Dunque abbiamo finito, se Dio vuole.»

Stremate, le sorelle chiudono infine il diario. Ancora rifiutano di credere a ciò che hanno letto.

«Penso si sia inventato tutto!»

«Lucia, vorrei crederlo, ma a quale scopo l'avrebbe fatto? E poi la sofferenza di cui parla, si capisce che è vera.»

«Ma com'è possibile, dico io, com'è possibile che fosse così? Nostra madre ci ha educati tutti allo stesso modo.»

«Non ci capisco molto, mi sa che non c'entra l'educazione, Lucia, era così e basta. Lo sapevo, lo sentivo, qualcosa andava storto, eccome se lo sentivo», insiste Angela.

«L'hai già detto mille volte, a cosa è servito? Io già non ho il coraggio di raccontare a casa come andavano veramente le cose...»

«Hai ragione, e anche il diario deve sparire», decide Angela.

Il sole sta scendendo verso l'orizzonte: dovranno rimandare la partenza. Per fortuna a casa sono state vaghe sul loro rientro, due o tre giorni, avevano detto.

Intanto occorre organizzarsi per svuotare gli armadi e fare una cernita degli oggetti; non che ce ne siano molti: qualche vestito, il fornello a gas. Il tavolo e le sedie li avrebbero lasciati lì, per il letto ci devono pensare.

«Aveva anche una bicicletta, dove sarà?»

La trovano appoggiata al muro di un piccolo portico usato come ripostiglio, aperto sul cortile. La liberano da un telone grigio e rigido. È ben tenuta, pulita; la catena sembra sia stata ingrassata di fresco, uno straccetto ripiegato penzola dal manubrio e, sotto la sella, una piccola borsetta in cuoio che Mario aveva fissato con del filo di ferro.

Angela vorrebbe montarci sopra, ma non se la sente di occupare il posto di suo fratello, non è pronta. Allora fa il giro del cortile spingendo la bicicletta al suo fianco.

In fondo allo spiazzo, in un angolo, stanno appoggiati due bidoni: ci guarda dentro, sono vuoti e malandati. Di colpo capisce come sbarazzarsi del diario.

«Ecco le mie dimissioni.»

Il cugino aveva letto subito la breve missiva: il suo contenuto non l'aveva meravigliato.

Dopo che Mario si era trasferito nel monolocale, il cugino aveva pensato che dietro quella decisione non ci fosse solo il desiderio d'indipendenza ma qualcosa di più. Aveva azzardato qualche ipotesi soprattutto assieme a sua moglie, era lei la più curiosa e a volte, così pensava, si lanciava al galoppo lungo le strade un po' troppo contorte della sua fervida fantasia.

«Ho incontrato Rosa», aveva raccontato Caterina. «Dice che sì, hanno fatto parecchi bei viaggi assieme, eppure secondo lei Mario non le vuole abbastanza bene, scatta per un nonnulla, è spesso nervoso; ultimamente poi ha sempre qualche scusa pur di non incontrarla.»

«Si sarà innamorato di un'altra!» aveva ribattuto il marito.

«No no! Io sono convinta che non gli piacciono le donne, per questo è sempre nervoso con Rosa e ora addirittura la evita. Per me ha gusti strani, credo gli piaccia travestirsi. Ti ricordi della mia vestaglia scomparsa?»

«Non esagerare, non sei sicura nemmeno che te l'abbia presa lui, perciò evita di immaginare cose così contorte, smettila e basta. Ammetto, è un giovane chiuso, schivo. Ma tutto finisce lì.»

«Mah, vedremo poi chi ha ragione.»

Ora, con il breve scritto fra le mani, il padrone non cercava di capire il perché di una tale e improvvisa decisione, in qualche modo però si preoccupava per il futuro del giovane.

«E cosa farai allora? Questo è un buon lavoro, tu sei in gamba, dove andrai?»

«Mi è venuta voglia di tornare al mio primo lavoro, il falegname.»

«E dove?»

«Qui vicino, a Riva. C'è una piccola falegnameria. Con la bicicletta arriverò in un attimo.»

«Ho capito», gli aveva risposto il cugino. Sapeva a quale laboratorio si riferisse.

"Strano", pensava Mario nel tornare a casa. "Temevo l'incontro con il padrone, presentargli le dimissioni mi ha creato una forte apprensione. Ho il cuore pesante, le gambe pesanti!"

Lo aveva afferrato una malinconia inattesa, proprio nell'attimo in cui, allontanandosi, aveva girato le spalle al padrone e alla birreria. Gli auguri ricevuti lo avevano commosso. Ripensava a quanto era stato bene in quel posto, specialmente i primi tempi del suo arrivo in fabbrica, quando aveva potuto beneficiare della gentilezza di chi gli stava attorno e della bontà del cugino.

Mentre cercava di capirsi, una confusione aggressiva gli svolazzava in testa: si sentì smarrito.

Provò a reagire prendendosi cura della bicicletta. Ci mise del tempo, era meticoloso, quasi ossessivo. Fregava e lucidava con foga. Il manubrio brillava. Aveva lasciato un lavoro che gli piaceva perché si sentiva addosso gli occhi e le critiche dei colleghi. Come mai ora avvertiva gli stessi sguardi pungergli la nuca? Si sedette a terra, con la schiena appoggiata al muro, prese fiato; si concesse poco tempo e ritornò a ingrassare e pulire. Passò ogni angolino, dove non arrivava smontava, puliva e rimontava. "Forse è solamente questione di tempo, poi mi dimenticherò di loro e loro di me", continuava a pensare. Si rese conto di aver coltivato una certa malevolenza, pian piano divenuta rancore, nei confronti dei colleghi. "Adesso però devo cambiare, cercare di iniziare bene nel nuovo ambiente!"

Le energie e l'attenzione stavano scemando, era sfinito: pensare lo consumava più del lavoro fisico. Desiderava solamente scivolare in un luogo dove regnava la calma e dove Martina sorrideva. Mario trattenne a lungo l'odore di stalla racchiuso nel ricordo.

Rientrò, si preparò un brodo, lo sorseggiò. Ogni boccata gli scivolava giù regalandogli una lunga striscia di calore che si diffondeva fino alla punta delle dita.

* * *

A Riva si lasciò coinvolgere dai nuovi colleghi, così come si era ripromesso. Con loro scoprì un'altra osteria, cameriere nuove, nuovi avventori. Nel dispiegarsi di una quotidianità lineare, priva di sorprese o di intralci, si sentiva più sicuro e, col tempo, più leggero. Sulla scia di un inaspettato ottimismo, si esercitava a ignorare il garbuglio di sentimenti che ancora non era riuscito a districare. Avanti e indietro con la bicicletta dalla falegnameria al monolocale, senza la cugina a sondargli l'anima con lo sguardo, o il Tonio a preoccuparsi per lui, o quella servizievole, irritante Rosa.

La domenica gustava un nuovo senso di sicurezza in sella alla sua bicicletta, in ogni pedalata, in ogni gesto atletico, quando affrontava le discese con velocità e nella forza che imprimeva ai pedali durante le salite.

Anche nel monolocale, appartato quanto bastava, si sentiva tranquillo e rilassato.

Iacco, spazientito dal malumore del compagno, lo aveva forzato ad accogliere i lati positivi della vita: «Considera anche le fortune avute e smettila di compiangerti», gli aveva detto una volta.

Anche questo rimuginava in sella alla sua bicicletta e gli sembrava di cavalcare una sensazione di fiducia in sé stesso così concreta, così limpida, senza sbavature, composta da due sicurezze: la tranquilla routine quotidiana e il locale appartato. Ma doveva metterle assieme con lo sforzo dell'intelletto perché non gli veniva facile godere e basta.

«Andiamo a fare una scampagnata assieme», suggerì Iacco un giorno di festa.

Non capitava spesso che Mario condividesse le attività con l'amico, non voleva incoraggiare pettegolezzi. Ma la bicicletta si prestava; ognuno avrebbe pedalato per proprio conto tenendosi a una certa distanza. Decisero di fermarsi sulle rive dello stagno già visitato da Mario. Un bel posto, nascosto da alberi divenuti frondosi. Si sedettero su un grosso tronco e sfilarono dalle bisacce i panini imbottiti di prosciutto e la bottiglia di vino. Era una giornata di sole piuttosto calda ed era bello starsene all'ombra vicino all'acqua. Nello stagno i girini avevano quasi terminato la metamorfosi ed era tutto un brulicare a pelo d'acqua; svelavano così l'eccitazione per la nuova vita che li attendeva.

L'intimità del luogo aveva spinto Iacco ad appoggiare il braccio attorno alle spalle del compagno. Bastò quel gesto ad intorpidire l'umore di Mario: si scostò di botto controllando se qualcuno li avesse visti. Il sacco dei suoi crucci si era aperto: aveva serrato le palpebre come per trattenersi, poi con uno scatto di rabbia gettò il resto del panino e la bisaccia dentro lo stagno. L'acqua, i giacinti d'acqua, le tife e i girini avevano creato uno scompiglio isterico, persino i rami di alcune piante sembravano coinvolti. Inforcata la bicicletta, se n'era andato.

Iacco fu colto di sorpresa: la naturalezza con cui aveva cinto le spalle dell'amico gli aveva impedito di considerare la sua sensibilità: rimasto solo, non poté far altro che trattenere l'ira, rimasta senza oggetto di sfogo.

A seguito di quell'episodio fu difficile ricucire il loro rapporto. Mario dovette supplicarlo ma Iacco, offeso, lo aveva rimbeccato: «Se assumi di nuovo un comportamento simile non mi faccio più vedere, non mi costa proprio niente, dovresti saperlo!» E se n'era andato.

Con fatica, Mario era riuscito a recuperare una vita rigorosa e Iacco, nonostante l'accaduto, aveva ricominciato a fargli visita come prima dell'incidente allo stagno. Gli aveva addirittura donato un altro indumento seducente, leggero e minuscolo; lo poteva racchiudere in pugno. Quella volta, l'aveva scartato senza indugio, ritenendolo un segno di rappacificazione. Tuttavia, a Iacco sembrava di aver visto aleggiare un velo di malinconia, come una malcelata incertezza sul viso del compagno: sapeva di averlo di nuovo messo di fronte ai suoi fantasmi.

Quando, dopo soli pochi giorni, ricevette un altro regalo, sempre selezionato nell'ambito dell'intimo femminile, Mario aveva dovuto soffocare una reazione di protesta. Il conflitto si era fatto pressante, come l'atteggiamento di Iacco nei suoi confronti. Col passare dei mesi, infatti, i regali si erano accumulati. Gli ultimi glieli aveva consegnati accartocciati in fogli di giornale, segno di una trasandatezza che sapeva di crudeltà. Era confuso, non aveva la forza per arginare la sadica euforia dell'amico e tuttavia sentiva di possedere sufficiente lucidità per capire che si trattava di doni al veleno.

Taceva e, la sera, cedeva alle richieste del compagno. Nelle lunghe nottate trascorse assieme a lui, sentiva la donna nascosta penetragli nell'animo.

Forse perché stanco di contrastarla, forse perché dopo la prima volta in cui aveva ceduto al travestimento si era aperto uno spiraglio nella coscienza, notte dopo notte, Mario aveva cominciato ad ascoltarne la voce. Lei gli sussurrava la sua approvazione, lo incitava, lo incoraggiava ad appagare le sue pulsioni. Intanto l'altro Mario, quello dei ripensamenti e della vergogna, quello che lavorava duro e pedalava la domenica, rimaneva afflosciato sulla sedia assieme ai panni del falegname, sconfitto.

Mezzanotte era passata, Mario era sopraffatto dalla stanchezza. Quel giorno in falegnameria tutti gli operai si erano prodigati per rispettare i termini di consegna di una camera matrimoniale. Avevano lavorato senza fiatare per tutto il giorno, avendo consumato un misero pasto in piedi. Ora voleva dormire. Non Iacco che rovistò nell'armadio scegliendo un corsetto, voleva che lo indossasse. Negli occhi scintillava una determinazione ostile.

Quella sera non era questione di scelte inerenti alla loro relazione intima, ma di rispetto. Per quanto Mario avesse l'inclinazione alla sottomissione, non poteva accettare quell'atteggiamento di spregio nei suoi confronti.

Si alzò di botto, imponente nel gesto istintivo. «Vattene via, non voglio più vederti!»

Iacco gli gettò in faccia il corsetto e se ne andò.

Raggomitolato nel letto, Mario si sentì sconfitto: da Iacco, dalla vita, persino da sé stesso.

Non fu una decisione premeditata: rientrando dal lavoro e giunto a un piccolo incrocio, con una manovra impulsiva sterzò pericolosamente la bicicletta avviandosi verso la chiesa.

Entrò, era deserta. Si sedette a un banco, socchiuse gli occhi e subito nei pensieri si imposero alcune immagini. Rivisse i momenti in cui la donna nascosta si era da poco svelata, rievocò le emozioni forti, lo scombussolamento interiore. Incapace di comprendere e accettare la sua natura, ricordò di aver sentito il bisogno di confidarsi, ma non ne era stato capace.

Scacciò quei ricordi avvilenti e implorò Dio che gli indicasse la via per uscire dalla disperazione in cui la sua vita, sempre più complicata, l'aveva spinto.

Il giovane prete, appena varcata la soglia della sacrestia, notò l'uomo inginocchiato, gli occhi chiusi. Non apparteneva alla sua parrocchia e questo, assieme alla sofferenza stampata in viso, lo colpì. Mario percepì il discreto fruscio generato dall'oscillazione dell'abito talare e sollevò leggermente la testa: i muscoli del viso erano tesi, gli occhi esprimevano sorpresa e anche un po' di apprensione. Il prete si avvicinò.

«Buongiorno.»

«Scusi, me ne vado subito.»

«No no, resti. Non è di queste parti, vero?»

«Vivo qui da parecchi anni, ma non frequento molto la chiesa, solo in occasioni speciali.»

«Cosa la porta in chiesa a un'ora così insolita?» Il prete percepì il tormento di quello sconosciuto, capì che aveva bisogno di sostegno ma interloquì con cautela: gli si sedette accanto e ci restò a lungo, tra loro poche parole.

Mario era pressato dal bisogno di aprirsi, di scaricare tutto il peso che sentiva, ma cosa poteva mai raccontare a un prete? Avrebbe sicuramente condannato le sue scelte, il comportamento amorale a cui aveva ceduto: si sentì scoppiare. Il prete colse l'attimo e lo incalzò.

Un pianto asciutto, scosso, gli sgorgò dall'anima, alleviandolo dallo strazio che da anni teneva ingabbiato in sé. Forse era quello l'aiuto di Dio, riuscì a pensare, poi vide il prete allontanarsi.

«Mi attenda, torno subito.»

Tornò svelto, come se avesse timore che quel povero disperato potesse sparire.

«Prenda», disse il prete porgendogli un foglietto. «Il dolore che porta nell'anima è grande, quasi non ha più spazio. Mi sono permesso di annotare il nome e l'indirizzo di una persona che sa ascoltare e comprendere, potrebbe aiutarla. Ci pensi, e soprattutto si convinca dell'importanza di aprirsi, di raccontare, di liberarsi.»

* * *

Alla fine di maggio, quando giovani uomini e donne si sentono scoppiare di energia e di voglia di vivere, quando l'aria tiepida accarezza le foglie e increspa gioiosamente la superficie del lago, i ciliegi sono pronti a regalare i loro frutti maturi. In un paesino dell'entroterra, gli abitanti sottolineavano l'imminente abbondanza con una sagra.

Gli operai della falegnameria erano soliti onorare quell'antica tradizione e quell'anno anche Mario si era unito al gruppo.

Era un avvenimento straordinario, carico di allegria e spensieratezza. Per lui lo era ancora di più poiché rappresentava uno strappo creativo alla quotidianità che normalmente affrontava con rigore. Ci andarono a piedi, pochi chilometri di sentiero serpeggiante fra prati da sfalcio e boschetti. Il gruppo di falegnami avanzava svelto, sostenuto da una sana esuberanza. Mario ne era contaminato, la sua gioia era tutta interiore e la si poteva indovinare dal luccichio degli occhi. Non era abituato alla spontaneità. Ciononostante, passo dopo passo, l'emozione si spandeva nel suo corpo finendo per traboccare in una risata smodata. I compagni di lavoro erano stupiti, ma anche felici e non avevano fatto commenti. Arrivarono alla sagra carichi di buonumore, Mario aveva l'impressione di aver compiuto una rivoluzione nell'intimità del suo spirito. Si muoveva quasi con scioltezza, faceva battute, beveva e mangiava: birra, vino, pane fresco, salami e tante, tantissime ciliegie. Un duo di musicisti, fisarmonica e tamburello, invitava la gente al ballo. Si formavano coppie a caso, poi si scioglievano e altre se ne creavano. Era un volteggiare fra risa e chiacchiere, bicchieri traboccanti. Mario aveva appena finito un giro di ballo e se ne stava sorridente e ansimante a guardare gli altri. Si sentiva leggero e la giornata stava sgusciando via troppo in fretta.

A un tratto qualcuno lo strattonò per la manica trascinandolo; lui lasciò cadere il bicchiere di birra nel prato e, incespicando fra la gente, seguì la gonna svolazzante che gli faceva da guida.

Così, sulle sensuali note di un tango, si era ritrovato abbracciato a Rosa la quale, oltre che stringersi a lui, si aggrappava a un ultimo, disperato tentativo di riconquista. Per Mario fu troppo: perché si trattava di lei e perché era sfrontata. Pervaso dal disappunto fece qualche passo rigido poi disse: «No, no Rosa. Non si fa così, smettiamola subito!».

«Resta, dai!» implorava la donna. «Finiamo almeno il ballo!»

«Te lo scordi!» e con uno strattone la lasciò sola fra la gente che le turbinava attorno.

Tutti e due si sentirono traditi dall'altro. Lui aveva creduto di aver messo le cose in chiaro da tempo; per lei, essere abbandonata sulla pista da ballo da un uomo che se l'era data a gambe levate era una villania indicibile, uno schiaffo alla sua femminilità. Scappò via con le lacrime agli occhi.

Per entrambi, la spensieratezza di quel giorno di festa finì lì. L'ultimo pensiero di Mario, prima di addormentarsi, fu comunque per Rosa.

Sapeva di non essere mai stato veramente sincero con lei. Aveva avanzato solamente una vergognosa scarica di scuse pur di non affrontarla.

Il gelo della delusione catturò Rosa. Un unico, assillante pensiero autodistruttivo la tormentò nelle settimane che seguirono la sconfitta amorosa. Assumendosi la colpa dei suoi insuccessi si arrovellò tentando di riscriverne la storia, cambiando gli scenari. Per giorni non parlò, mangiò poco e dormì molto. Sua madre non le chiese nulla giacché sapeva. Vide lo sconforto della figlia divenire rabbia; la vide lavorare in modo esagerato: fare la spesa, cucinare, lavare e stirare, pulire e ripulire casa. La vide sfinirsi.

Solo allora Rosa sentì il suo corpo alleggerito e ogni particella di rabbia trasformata in rassegnazione.

L'estate non riuscì a coinvolgerla; non si sentiva pronta per lasciarsi trascinare nella calda allegria fatta di incontri, chiacchiere e pettegolezzi, tantomeno per gioire delle evoluzioni dei rondoni attorno al campanile e delle loro voci garrule che a volte si mescolavano con quelle di ragazze inquiete, saturando l'aria della sera.

Le giornate lunghe e luminose la abbagliavano, i pensieri sfumavano, non si lasciavano cogliere. La sera invece, quando la luce infiacchiva e il crepuscolo portava un poco di magia, riusciva a interpretare con più chiarezza l'esperienza avuta con Mario. Spesso, in quelle ore, si incontrava con suo fratello Tonio: lo raggiungeva al lago, dove lui si recava ogni sera da quando aveva deciso di diventare un pescatore. Vedendola arrivare riavvolgeva il filo della sua canna da pesca, lo affrancava conficcando l'amo nel sughero dell'impugnatura e si sedeva sui massi lambiti dall'acqua, assieme alla sorella.

«Come stai?» le chiese quella sera come del resto aveva fatto ogni volta, per tutta l'estate.

«Meglio, molto meglio. Ho finalmente accettato che la storia fra me e Mario è finita e che forse non è mai iniziata.»

«Ma cosa stai dicendo?»

«Ora posso finalmente guardarmi indietro cercando di vedere ciò che non avevo visto e sforzandomi di capire.»

«E cosa hai capito, Rosa?»

«Che tu avevi ragione, c'è in lui qualcosa che inquieta.»

«Lo vedi dunque...» sospirò Tonio con fare leggermente spazientito.

«Lo posso vedere solo ora, Tonio, non serve che tu mi faccia sentire inadeguata. Prima ero... Ero troppo presa, vedevo le cose come avrei voluto che fossero, adesso invece riesco a essere più obiettiva. Mi picchierei per non aver notato certi segnali e per non aver considerato le mie intuizioni. Forse...»

«Forse cosa?»

«Niente niente... Che strano.»

«Che strano cosa, Rosa?! Fai la misteriosa?»

«Scusa Tonio, pensavo.» Poi, come se avesse scovato un'altra immagine nella sua memoria, buttò là in modo distratto: «C'era Iacco quella mattina presto. A ripensarci avevo avvertito un'anomalia in quella situazione e, se ben ricordo, Mario era teso.»

«Non capisco di cosa stai par...»

«Basta Tonio, lascia perdere, mi affiorano dei ricordi ma non so se corrispondano al vero o se la mia immaginazione ci sta costruendo un castello. Devo fare altro adesso, distrarmi.»

«Vieni con me al bar. Cosa vuoi? Qualcosa per calmarti, per tirarti su, per dimenticare...»

«Una miscela dei tre», rispose la sorella levandosi in piedi di scatto con un accenno di sorriso. E si avviarono verso il villaggio.

* * *

Dopo cena Mario aveva preso l'abitudine di uscire nel porticato per pulire la bicicletta. Non sempre aveva voglia di trascorrere la serata all'osteria, così la pulizia meticolosa della bicicletta da semplice passatempo era diventata un'esigenza inderogabile. Nelle sere successive al giorno della sagra, si nutriva di quel buonumore residuo che gli era rimasto in corpo. A volte chiudeva gli occhi per rivedere i momenti piacevoli. Riusciva a trovarli e li riviveva anche se lo scontro avuto con Rosa riaffiorava nel tentativo di sporcarne il ricordo. Persino i colori gli venivano in aiuto: il rosso dello straccetto che teneva in mano, ad esempio, lo associava d'istinto al colore delle ciliegie, ricavandone una forte emozione.

A volte indugiava sotto il porticato fino a tardi. La luce della luna faceva quel che poteva e lui aveva imparato a farsela bastare. Inoltre, si era adattato alla sua presenza cercando di perdonarle la vecchia malefatta della soffitta. Agli umori di Iacco, invece, si era adeguato. Da quella notte lontana in cui aveva osato alzare la cresta, si era arreso.

Le serate a volte erano difficili da trascorrere in solitudine. Non era mai in grado di dire se Iacco sarebbe arrivato oppure no. Aspettava e, quando le ore si facevano piccole, al sonno si sostituiva il nervosismo. Il tempo, maldisposto, trascorreva con estrema lentezza; capitava che Mario tornasse alla falegnameria per concludere i lavori avviati durante il giorno, oppure per costruire qualcosa per sé.

Una sera si sentiva irrequieto, incapace di prendere qualsiasi decisione. Né l'osteria né la pulizia della bicicletta lo allettavano. Decise quindi di osservare i bambini che giocavano a pallone nel cortile. Non se la sentiva di scostare tutto a un tratto i tendoni, avrebbe suscitato troppa curiosità, per questo si vide costretto a seguire il gioco sbirciando da uno spiraglio.

Si guardava le mani callose, se le passava sul viso cercando i solchi delle rughe e si convinceva di essere riuscito a conquistare un po' di serenità nell'accettare l'indole egoistica di Iacco divenuto, col tempo, molto incostante nel visitarlo. Nei lunghi periodi senza di lui nascondeva gli intimi femminili in un sacco di iuta per non dover pensare a quella inopportuna e imperiosa parte della propria natura. Appena coricato si addormentava all'istante, stremato com'era da giornate in cui andava imponendosi questo e quello. Poi, dopo alcune ore, un sogno che lo assillava quasi ogni notte lo vedeva intento ad aprire il sacco: allora si svegliava in preda all'eccitazione ma teneva duro e, nello sforzo di pensare ad altro, il sonno passava.

In fondo al cortile, dopo aver esaminato i bidoni arrugginiti, Angela riporta l'attenzione alla borsetta di cuoio che penzola sotto il sellino. L'intuito le suggerisce di frugarci dentro, ma preferisce farlo lontano dagli occhi di sua sorella.

Se davvero ci troverà qualcosa, vorrà conservarlo lei sola, come a voler rendere esclusivo il legame con il fratello. Facendosi scudo con il corpo e fingendosi ancora interessata ai bidoni, rovista nella borsetta. Un piccolo cacciavite, un flaconcino con del grasso, un fazzoletto e un sacchettino di plastica nel quale si intravedono delle pezze per aggiustare le forature delle camere d'aria, della colla e, infine, un cilindro di alluminio chiuso sui due lati da un tappo: decisamente l'oggetto più grande.

«Chissà a cosa serviva?» pensa. Comunque sia terrà tutti quegli oggetti conservandoli in fondo a qualche cassetto, a proteggere un legame che il tempo minaccia di stemperare.

«Forza,» dice tornando dalla sorella che nel frattempo stava rovistando in uno scatolone pieno di riviste, «diamoci da fare! Lucia, dai, abbiamo un sacco di lavoro ma... Sei pallida, non ti senti bene?»

«No, niente, è la stanchezza.»

«Beh, se è per quello... Senti, bruciamo tutto ciò che si può in quei bidoni là in fondo, li ho esaminati e penso si possa fare.»

«Allora entra e comincia a separare la roba, io do inizio al falò con questi giornali. E porta il diario, deve essere bruciato subito, guai se finisce fra le mani di qualcuno.»

Lucia sposta i bidoni al centro del piazzale e, con foga, vi rovescia la saccata di riviste. Subito accende un fiammifero e dà inizio alla purificazione.

«Che fretta!» commenta Angela mentre arriva di corsa con il diario. Le fiamme sono alte, il calore impedisce di avvicinarsi: getta il diario nel bidone. Una vampata rosso intenso si spinge in alto per qualche secondo.

Lentamente, ma con ostinazione, l'insonnia si era insinuata nelle notti di Mario a interrompere il riposo quasi sempre alla stessa ora, prima delle quattro. A quel punto era faticoso respingere pensieri e tentazioni. Cercava di dominare i capricci della donna che si portava dentro; lei che in quelle ore scure e vuote lo pungolava allo stomaco.

Si innervosiva, non poteva accettare che non fosse possibile decidere per sé stessi. Non voleva essere sopraffatto da lei. Dunque, perché mai si sentiva costretto a combattere contro desideri propri, certamente, ma da lui stesso ripudiati? La risposta gli giungeva proprio dalla donna nascosta, già altre volte l'aveva ascoltata mentre lo esortava a essere sincero con sé stesso. Anche quella volta gli ricordò che vestire indumenti femminili lo appagava.

«No, non è una soddisfazione, è qualcosa che mi fa star male, lo accetto solamente nei giochi con Iacco. In fondo è lui che lo pretende: tu sei diventata forte a causa sua. Quando sono solo, non ci voglio nemmeno pensare.»

Senza accorgersene aveva iniziato a colloquiarci, come se la donna nascosta si fosse palesata di fronte a lui.

«Apri quel sacchetto, inutile nasconderlo nell'armadio, sappiamo tutti e due che si trova lì.»

«Lasciami in pace, non tormentarmi più!»

La volontà lo aiutava a troncare il colloquio. Inforcava la bicicletta e pedalava nella notte fino alla fabbrica. E subito a piallare, segare, montare ante e scaffali. Lentamente il dolore allo stomaco si scioglieva, i muscoli gonfi e caldi consumavano le tensioni.

Di fronte alla reazione dei compagni di lavoro che si meravigliavano di trovarlo già sul posto, Mario si giustificava dicendo che era appena arrivato. Durante una delle serate trascorse in compagnia all'osteria, confessò di soffrire di insonnia. La spiegazione aveva smorzato la curiosità dei colleghi e l'abitudine di vederlo già all'opera al loro arrivo alla falegnameria ne aveva cancellato ogni traccia.

Lo stile di vita che si era confezionato correva su un paio di binari senza scambi. Ogni giorno era la replica di quello precedente e la percezione di sentirsi imbrigliato era per lui poca cosa se paragonata alla possibilità di piegarsi alla volontà della donna nascosta.

Il controllo esercitato su di sé richiedeva una disciplina ferrea. Soffocava costantemente il richiamo dell'istinto che, seppur giudicato da lui stesso inaccettabile, gli apparteneva profondamente. La costanza impiegata nel sostenere relazioni garbate, nel solco del vivere quotidiano, spariva non appena tornava a casa, dai suoi famigliari. Col tempo, la frustrazione e la rabbia si erano trasformate in lamentele.

«Comincio a lavorare alle cinque di mattina, a volte anche prima. Mi sento un dannato del lavoro e non prendo un soldo in più.»

«Ma Mario,» suggeriva Lucia, «fatti valere.»

«Non capisci proprio. Non me ne danno di soldi in più, piuttosto mi licenziano, e dove vado poi?»

Raccontava alle sorelle le sue esperienze drammatiche e le difficoltà avute, provocando in loro il desiderio di trovare soluzioni.

Erano comunque proteste che non accettavano proposte risolutive.

Era evidente che Mario voleva in qualche modo farsi compatire, ma a lungo andare non faceva che creare insofferenza, soprattutto in Lucia e Angela.

Le sorelle avevano intuito la sua esigenza di suscitare compassione e si opponevano all'idea di dargliela vinta, mentre lui, avvertendo il loro crescente fastidio, rispondeva con racconti legati alla sua vita di stenti in cui la sofferenza si gonfiava come l'impasto per il pane che un tempo Gemma metteva a lievitare accanto alla stufa. Lo scontro verbale era intriso di emozioni: all'intenzione di lui di voler strappare lacrime di solidarietà, le sorelle opponevano una raffica di soluzioni.

Lo stesso locale in cui un tempo i fratelli avevano condiviso giochi, risa e anche qualche momento difficile, li vedeva ora affrontarsi con l'ostinata pretesa di volere dall'altro ciò che ognuno riteneva necessario.

Mario ripartiva lasciando una famiglia esausta. Il sentimento di malessere per non averlo potuto aiutare, e nemmeno amare, ristagnava a lungo fra le pareti.

* * *

Dal vano in cui teneva il quaderno dei conti, il proprietario della falegnameria osservava i suoi dipendenti ritenendosi soddisfatto. Si impegnavano quasi tutti con dedizione, in particolare quel Mario, faceva un sacco di straordinari non richiesti.

"Non ha mai cercato di parlarmi, di spiegarsi, e nemmeno ha preteso qualcosa", pensava nell'osservarlo intento a lisciare una sorta di lungo mestolone.

Cercava di ignorare la faccenda, ma i lavori fatti parlavano da sé, attiravano l'occhio e l'attenzione stuzzicando la coscienza.

Con questo pensiero il padrone prese una decisione inusuale: aprì la cassaforte, ne tolse del denaro che infilò in una busta assieme a un foglio su cui aveva scritto qualche parola. Dopo aver riposto la busta tra le pagine del quaderno dei conti si avvicinò a Mario: «Dopo il lavoro, vieni da me in ufficio. Accertati però che non ci sia più nessuno in laboratorio.»

Alla birreria i mestoli in legno per rimescolare il malto erano da tempo in cattivo stato. Andavano sostituiti. L'idea di valersi della maestria di Mario fu di Tonio.

Non si vedevano ormai da parecchi anni. Mario, cambiando lavoro, si era allontanato da lui in modo definitivo: tra loro c'era ora una distanza che tutti e due avevano preferito mantenere. L'uno per difendere la nuova direzione che aveva dato alla propria vita nel tentativo di annullare una parte di sé; l'altro lasciando tale distanza a fungere da cuscino per attutire tracce di menzogne disseminate negli anni.

Ma l'amicizia deposita un residuo in fondo al cuore che il tempo, nel suo passare al setaccio gli avvenimenti della vita, lascia riaffiorare. Mario e Tonio si ritrovarono così, nel gesto morbido di raccogliere la scrematura di affetto emersa da una richiesta di rinnovamento.

Entrambi con il ricordo amaro di impossibili confidenze, aspiravano tacitamente a una fratellanza silenziosa, a una condivisione di cose e di momenti.

«Ecco, porta la canna indietro e poi lancia con un gesto ampio ma sicuro, così.»

Tonio aveva deciso di insegnargli a pescare e Mario cercava di dissimulare come meglio poteva l'agitazione legata allo stare in riva al lago. Doveva farsi coraggio per osservare il punto in cui il filo da pesca spariva sott'acqua, a stento dominava la diffidenza affinché non si trasformasse in agitazione.

Per lui che si portava addosso il gelo, la limpidezza e lo scorrere disordinato di torrenti e ruscelli, la pesca era una scoperta. L'idea di tirar su qualcosa da quelle acque così profonde e ferme che sembravano in agguato, gli pareva un'esperienza eccitante e angosciosa al tempo stesso. «Quando senti che qualcosa abbocca, dà uno strappetto deciso.»

Mario capì che qualcosa stava girando attorno all'esca. Quando credette fosse il momento giusto diede uno strappo. Incapace di dosare le forze, il tentativo fallì e l'amo si agganciò ai piccoli arbusti dietro di lui, oltre la riva. Allora Tonio afferrò la canna da pesca assieme all'amico e lo invitò a chiudere gli occhi per affinare la sensibilità del tatto.

«Senti? Senti, adesso? Aspetta, il pesce sta dando piccoli colpetti all'esca per poi allontanarsi, devi pazientare. Ora sì che sta tirando, apri gli occhi e guarda la tensione del filo. Tac.»

«È un persico!» spiegò Tonio.

Mario guardava fissamente l'animale: un pesce verdastro che si contorceva disperato nell'aria. Inesperto com'era, lo strappò dall'amo lacerandogli la bocca. Tonio lasciò correre per quella luce che per un attimo gli aveva ravvivato lo sguardo, per quell'accenno di sorriso che poche volte gli aveva visto affiorare sulle labbra.

«Non ho mai fatto la *mazza* di un pesce, Tonio, regalalo a Rosa.»

Rosa. La lontananza e il tempo avevano lenito gli errori e creato leggerezza, concedendo all'uomo un pensiero privo di increspature nei confronti dell'amica di una volta.

I due uomini non si fermavano quasi mai all'osteria: la posizione frontale a cui li costringeva la voglia di gustare un bicchiere al tavolo creava imbarazzo. Guardarsi negli occhi senza porre domande era difficile, meglio stare appaiati al banco, spalla contro spalla, ingollarne un sorso e poi via, a pesca.

«Come sta Rosa?» aveva esordito una sera Mario proprio per colmare uno di quei silenzi. «È così tanto che non la vedo, mi capita di pensarla.»

«Sì, ha sofferto, ma ha trovato la sua strada, sta benissimo ora» rispose Tonio ricordando con incredibile precisione il giorno in cui la sorella si era ripresa definitivamente: aveva voltato pagina di botto e lui non era riuscito a spiegarselo.

Lei gli aveva taciuto l'incontro avuto con Caterina.

«Rosa, non ti vedo da un po', va tutto bene?»

«Beh...» aveva esordito la ragazza. Poi, stuzzicata dallo sguardo intelligente della donna, aveva aperto il cuore.

E allora anche Caterina si era sentita libera di esprimersi: era convinta, aveva preso a raccontare, che l'uomo amasse giocare con il travestimento, ne aveva la prova, e che in fondo non fosse tipo da amare una donna. Naturalmente non era in grado di dimostrare quest'ultima osservazione; si trattava però, secondo lei, di logica deduzione.

Tali congetture avevano creato una risonanza in Rosa, le era sembrato che Caterina fosse riuscita a dar voce ai piccoli dubbi che aveva percepito da tempo ma che si era rifiutata di ascoltare. Di colpo aveva deciso di aderire pienamente alle sue ipotesi, vi si era adeguata con tutte le sue forze alleggerendosi dalle colpe e dal senso di inadeguatezza di cui si era caricata.

Per i due amici il lago era diventato il punto di ritrovo per eccellenza dove potevano stare e fare, condividendo: occhi sull'acqua e sensi tesi, in silenzio confidavano nella sua generosità. I pensieri, belli o brutti, cavalcavano i cerchi generati dal movimento del filo, allontanandosi con grazia fino a sciogliersi nelle acque.

Erano momenti da respiro trattenuto, talmente perfetti d'aver paura che persino il fiato li potesse appannare.

Non avrebbe mai creduto di ricucire un'amicizia a bordo lago, eppure non riusciva a pensare a un posto migliore per stare fianco a fianco; poter forare con sguardo acuto la pelle quieta dell'acqua, parlare il necessario. Parole dosate, a volte singole che solo a fine giornata, raccogliendole tutte e infilandole a una a una come perle, Mario riponeva nel suo diario facendone, col tempo, un piccolo prontuario sulla pesca di lago.

Per anni, per soffocare altri pensieri, avrebbe letto e riletto quelle preziose note sulla pesca. Fra pesci, lenze, esche, brezza che non era adatta quel giorno, ripercorreva, ravvivandola, una storia di amicizia. Era la storia nascosta a chiunque avesse preso tra le mani il suo diario. Una storia discreta, fatta di una presenza silenziosa e tenuta costantemente in superficie, che a sondare il profondo bastava un'esca. Un sodalizio celato fra le righe dei consigli per la pesca.

Anche la sera, occupandosi della bicicletta, sentiva accanto a sé quella complicità quieta, come se il silenzio solidale superasse la barriera della materia e del tempo per rendergli tollerabile la solitudine.

Questa nuova e in fondo fragile serenità si ripercuoteva nel suo umore: durante i brevi viaggi a casa, le sorelle avevano davanti un Mario più sopportabile, meno aggressivo.

«Durerà?» si chiedeva Angela.

«Mah!», rispondeva la sorella. «Diffido un po' di questa tregua inaspettata. Non so a cosa sia dovuta ma, in fondo, è solo un po' meno irritabile. Capita a tutti di avere alti e bassi, sarà un raro momento di ottimismo.»

* * *

Prima o poi doveva succedere. Il pensiero affiorava di tanto in tanto, un presentimento vivo che Mario allontanava; spesso lo affidava al lago ben sapendo che sarebbe ritornato cavalcando le piccole onde che accarezzavano la riva, ma mai lo aveva considerato. Così, quando Iacco si presentò al lago, non riuscì a dissimulare il proprio turbamento.

Tonio se ne accorse; l'intuizione che aveva avuto anni prima e a cui non aveva dato seguito trovò conferma.

«Ehilà, sono passato da casa tua, Tonio. Tua madre mi ha detto dove trovarti. Ci sei anche tu, Mario! Da quanto non ci si vede?»

Prima di riuscire a controllarsi Mario temporeggiò armeggiando e cincischiando attorno alla canna da pesca. «È tanto tempo», rispose poi.

Il loro rapporto non era mai stato interrotto, non c'era mai stata una decisione a tal proposito, ma Iacco aveva diradato sempre più le sue visite fino a sospenderle.

Mario lo aveva aspettato a lungo, ogni sera, pur augurandosi che non tornasse.

Tonio interrogò Iacco sul lavoro, sulla salute, qualsiasi argomento pur di coprire l'imbarazzo, infine lo invitò alla pesca.

Accovacciato su un masso, Tonio osservava le schiene ferme dei pescatori e tentava di orientarsi nel labirinto delle nuove emozioni. Mario era in balia di una tumultuosa concitazione interiore e, mentre staccava accuratamente un persico dall'amo, il pensiero di avere probabilmente il colore verdognolo del pesce lo riempiva di vergogna e rabbia.

Movimenti sciolti, sorriso abbozzato, Iacco si gustava il trambusto che il suo arrivo aveva creato.

E così, dopo aver galleggiato a lungo come una boa sulla superficie del lago, d'improvviso Mario si sentì affondare. Annaspò cercando di reggere alle insicurezze, ai timori. "Niente di nuovo" pensò. "Ritorna tutto." Si illudeva di aver vinto la battaglia con sé stesso e ora temeva anche per quell'amicizia su misura, fatta di pesci e di silenzi.

Quella sera, seduto accanto alla bicicletta con uno straccio in mano, non riusciva a concretizzare la ripetitiva attività serale. Troppi pensieri, addirittura paure. Si sentiva esausto, l'improvvisa ricomparsa di Iacco l'aveva riportato a ritroso nel tempo in un battibaleno. Era terribile l'aver ritrovato inquietudini e sentimenti che credeva persi e invece si presentavano con immutato vigore. Mario aveva capito che l'arrivo di Iacco risollevava semplicemente il coperchio del doppiofondo del suo cuore.

Sentiva le forze venir meno e, quando Iacco infine lo raggiunse a casa sua, lo accolse arrendevole, le braccia molli lungo i fianchi.

Aveva stretto i denti per ritornare alla pesca con Tonio. Nonostante l'imbarazzo, caparbio aveva affrontato il momento. Il silenzio, nel riportare a riva i segreti di Mario, sembrava assordante. Nessuno dei due osava parlare ma, come risposta a un profondo respiro dell'altro, Tonio disse: «Non ti giudico, stai tranquillo».

La risposta fu un grazie che aveva il sapore di una confessione come se, d'un colpo, tutte le verità che fino ad allora aveva nascosto fossero venute a galla.

Il lago era una tavola, le onde si erano appianate come se avessero portato a termine il loro compito. Finita la pesca, il cesto di vimini ben rifornito, i due pescatori si separarono al bivio e Tonio salutò l'amico sussurrando: «Lo terrò per me».

L'altro ricambiò con un cenno della testa, come a sancire quella fratellanza muta e fragile.

Una sera, una volta calato il silenzio in cortile, invece di ripulire la bicicletta Mario aprì il diario e cominciò a scrivere. Raccontò del ritorno di Iacco, della sottomissione al suo volere, della riconsiderazione di una parte di sé che voleva rinnegare e di un'amicizia salvata.

* * *

L'opposizione fra la forza del desiderio e l'intensità del rimorso lo laceravano. Un tempo, ancora molto giovane, si accontentava di affidare all'amico la responsabilità del suo comportamento. Poi, nonostante la retorica di Iacco, il fuoco delle colpe lo divorava. A volte pensava a quando Martina e sua madre volevano imporsi, ognuna a modo suo, litigando fra loro. Ma era un ricordo, non le sentiva più. Chi aveva vinto dunque? Sua madre era riuscita solamente a inculcargli i sensi di colpa per non essere riuscito a cambiare strada, rifacendosi un'anima nuova. Martina avrebbe voluto che seguisse il suo sentire, con leggerezza, spontaneità. Avevano fallito tutte e due trascinandolo nel limbo dell'incertezza, dello sconforto e della disistima, costringendolo ad accontentare un po' l'una e un po' l'altra.

Sentiva di non avere più scelta. Accoglieva Iacco per quietare la donna nascosta. Assoggettato dalle sue pretese e da quelle di Iacco, provava e riprovava lunghe camicie da notte plissettate e mutande di pizzo, sparpagliava sul letto varie parrucche, si preparava.

Inesorabile arrivava il dopo. Era il momento più temuto, quando ritornava in sé. Partito Iacco e rimasto solo, Mario si guardava allo specchio con occhi da uomo e, traboccante di vergogna, contemplava un personaggio che trovava ridicolo.

Era il momento in cui lo sconforto e la rabbia erano tali da costringerlo in qualche modo a consumarli. Ecco quindi che, senza considerare l'ora, inforcava la bicicletta fino alla falegnameria.

Ben presto il sovraccarico di lavoro non bastò più a pareggiare i conti con sé stesso. Ci voleva altro. Macinando chilometri con la bicicletta aveva potuto mascherare di passione sportiva ciò che di fatto era una sorta di espiazione: spingersi oltre i propri limiti in un calvario privo di compassione. Né la pioggia né il sole lo potevano fermare.

Le ragioni per cui portava un reggiseno sotto l'ampia maglia indossata durante le sue lunghe gare in solitaria erano intuibili. La prima volta ne aveva sentito il bisogno lasciandosi sorprendere da un impulso prepotente. Poi aveva ricamato giustificazioni tranquillizzanti per sé: a volte pensava che se fosse morto pedalando, avrebbe ripulito la coscienza svelando chi fosse veramente; oppure si convinceva di averne bisogno per ricordarsi la ragione del suo pedalare incessante.

Spesso, dopo lo sforzo, cenava con brodo e pane. Più impoveriva la sua dieta, più aveva bisogno di assicurarsi la sopravvivenza stipando di dadi di manzo e di pollo gli scaffali della cucina.

* * *

Da tempo non tornava al villaggio nativo. Dalla morte dei genitori erano ormai trascorsi diversi anni; nella casa paterna abitava Lucia con la famiglia e lui non amava condividere spazi che non erano più suoi. Quando pensava alla casa di famiglia, gli piaceva rivederla nei ricordi così com'era stata fino alla scomparsa di Gemma.

Capitava che fossero le sorelle a fargli visita ma mai le aveva invitate a casa sua: pranzavano all'osteria. Parlavano poco, le solite cose: il troppo lavoro, la paga bassa, gli amici che non aveva, la pesca con Tonio.

E così le sorelle se ne ripartivano con il morale a pezzi.

«Non cambierà mai», borbottava sconsolata Angela. «E poi, hai visto com'è magro?»

«Sì sì, certo che l'ho visto. Mi chiedo come mai non ci inviti a casa sua, sempre fuori, cosa ci sarà mai nel monolocale che non possiamo vedere?!»

«Forse c'è poco spazio, che ne so.»

«Lui dice sempre che non ha tempo di cucinare e da ciò che ho visto ritengo che sia vero. Quello non cucina nemmeno per sé, sembra un chiodo!»

Un giorno, Mario decise di tornare al suo paese. Era stato un desiderio impulsivo: voleva fare una sorpresa a Lucia, ma senza recarle disturbo: avrebbe dunque soggiornato all'osteria dove affittavano qualche camera.

La mattina presto si era preparato con cura e, prima di vestirsi, con un pizzico di civetteria si era messo del profumo. Poi aveva indossato il suo vestito a giacca dopo averlo ripulito dalla polvere e inumidito per ravvivarlo. Infilato il passaporto nel taschino interno, il borsello in quello posteriore, era pronto. Stava per richiudere la porta di casa quando ebbe un ripensamento. Rientrò, tolse la giacca e si mise la cravatta. Rimessa la giacca, controllò il passaporto e il borsello, infine partì portandosi appresso una borsa con indumenti personali e qualche regalo per Lucia.

Mentre viaggiava a bordo della corriera lungo la solita strada che era finalmente stata asfaltata, ripensava alla sua vita. Non gli piaceva farlo, ma non riusciva ad impedire alla mente di ripercorrere avanti e indietro i dolorosi e disconnessi sentieri che aveva esplorato. Forse, a suggerirglieli, era la strada stessa, fino a poco tempo prima così ricca di buche da sentirne ancora gli effetti.

Ripensò al suo primo viaggio quando, accompagnato dalla cugina di sua madre, procedeva in senso opposto. Spaesato, timoroso, affascinato dal lago che vedeva per la prima volta. Il terrore di rotolarci dentro e sparire divorato da quelle acque scure, ancora gli serrava la gola.

D'improvviso, come a conferma delle sciagurate percezioni, una fitta breve ma pungente gli attraversò il petto. Mario si massaggiò brevemente e si obbligò a pensare ad altro. Scese dalla corriera affrettandosi verso la stazione. Aveva solo quattro minuti prima che il treno partisse. Procedeva a passi lunghi quando una nuova fitta scese lungo il braccio sinistro, teso nell'atto di reggere la borsa. Cambiò mano. Il capostazione aveva gli occhi su di lui, pochi istanti e avrebbe fischiato il via libera per il macchinista. Lo vide barcollare, procedere malfermo di qualche passo, poi crollare sul marciapiede deserto. Si precipitò su di lui e gli allentò la cravatta. Altro non seppe fare se non rimanergli accanto.

Sono trascorsi due anni dalla morte di Mario. Angela, che spesso si reca da Lucia, se n'è ricordata e le sorelle ne stanno discutendo.

«A volte penso ancora che si sia inventato tutto. Non voglio accettare che fosse così... contorto.»

Lucia di punto in bianco ha un'idea: «Andiamo laggiù, io e te, non ora che fa molto freddo, aspettiamo la primavera, aprile, maggio, vedremo. Ripercorriamo con calma i suoi luoghi, cerchiamo di vedere con altri occhi la sua vita, andiamo sulle rive del lago dove, negli ultimi anni, ritrovava un po' di serenità e, perché no, cerchiamo conferme».

«Così faremo visita alla cugina. È abbastanza vecchia, non sappiamo fino a quando vivrà.»

Mentre prepara la borsa per la partenza, Angela si ricorda degli oggetti che ha conservato. "Che buffo, li ho messi nel cassetto del comò e me ne ricordo solo ora." Scartoccia il pacchetto e li toglie a uno a uno. "Che idea tenere queste cose inutili. Cosa mi sarà mai passato per la testa? D'accordo, appartenevano a mio fratello e alla sua inseparabile bicicletta, ma forse era meglio se avessi tenuto il diario. E invece l'abbiamo bruciato." Mentre pensa, si trastulla con i piccoli attrezzi da riparazione. Incuriosita dal cilindro di alluminio, come allora si chiede a cosa potesse servire. Lo gira e lo rigira, ci guarda dentro. "Qualcosa c'è" pensa mentre, in preda alla curiosità, ci infila il mignolo per rimuoverne il contenuto. Sorpresa srotola una busta; è affrancata ma non timbrata. L'indirizzo si riferisce a un medico a lei sconosciuto. La apre, c'è una lettera. Mentre legge le lacrime scivolano tremolanti lungo le guance pallide. Non ricorda quanto sia rimasta ad osservare la grafia regolare del fratello cercando un indizio che confutasse quell'appartenenza. Infine, si arrende all'evidenza. Nasconde allora la lettera fra i vestiti già sistemati nella borsa da viaggio, con l'aria di aver preso una decisione importante.

Il treno si ferma stridendo appena al di là della frontiera. Mario è crollato lì, sul marciapiede che ora Lucia e Angela attraversano lentamente, scrutando per terra come a voler individuare il punto esatto. È la prima, dolorosa tappa del loro pellegrinaggio. Prima di lasciare la stazione per poi salire sulla corriera, si soffermano qualche minuto e pregano, mentre i loro sguardi inquieti pattugliano ogni centimetro di quel pavimento sporco.

Depositate le borse nella camera dell'accogliente pensione che già conoscevano, si prendono il tempo per passeggiare con tranquillità nei dintorni. Ritrovano la casa dove il fratello viveva in affitto nel monolocale, ci girano intorno fino ad arrivare nel cortile. Subito cercano i bidoni, teatro del loro triste falò. Non ci sono più ed è meglio così. Nulla sembra cambiato, se non l'assenza di tendoni alle finestre. Al loro posto vi sono delle graziose tendine leggere, con stampe floreali azzurre. Sotto il porticato Angela nota una bambolina di pezza: le ricorda quelle che avevano avuto anche loro, ma più moderna. Dall'interno, una donna le nota, si sporge e chiede se hanno bisogno qualcosa. In breve, Lucia spiega la loro presenza.

«Ma entrate vi prego, vi preparo un caffè.»

Un po' titubanti a causa dell'apprensione che i ricordi suscitano, accettano. Una bimba che cammina in modo traballante va loro incontro, prende la mano di Angela che, accogliendola in braccio, si siede al tavolo accanto a Lucia. L'appartamento è luminoso, l'arredamento è modesto ma colorato. Qualche oggetto sparso qua e là crea un minimo disordine mettendo in evidenza la quotidianità di una famiglia semplice e serena. La donna lascia che le sorelle si guardino attorno; sa che la loro non è indiscrezione ma la necessità di sovrapporre le nuove immagini alle vecchie.

«Ho qualcosa che credo vi debba appartenere», dice infine la donna alzandosi per andare a frugare nel cassetto del tavolo. «Lo abbiamo scoperto per caso il giorno del trasloco. Forse, chi si era occupato di svuotare il locale non l'aveva visto, era proprio qui, in fondo.»

La donna allunga loro un foglio ancora piegato in quattro. Lucia, con la bocca secca, lo distende sul tavolo. Resasi conto del contenuto, si rilassa: è una ricevuta intestata alla falegnameria in cui lavorava Mario e da lui firmata.

Lasciano il monolocale sollevate e soddisfatte di averlo ritrovato bello e accogliente. Ciononostante, Lucia dice sarcastica: «E così il caro fratello aveva ricevuto una sostanziosa sommetta in denaro come gratificazione a tutti gli straordinari!».

«Va beh, lascia perdere e cerchiamo di essere contente per lui, se la meritava.»

«Sì, certo, anche se sicuramente non corrisponde nemmeno lontanamente alle ore di lavoro effettive. Ma mi fa rabbia pensare alle sue lamentele, alle difficoltà e privazioni di cui ci raccontava. Perché non ci ha messe al corrente di una cosa positiva, tanto di una volta?»

«Sii contenta, piuttosto, che nell'unico mobile lasciato nel locale non ci sia stato di peggio.»

«D'accordo, ma mi secca che ci abbia lasciato credere che fosse completamente al verde fino alla fine dei suoi giorni tanto da non potersi permettere un pasto decente!»

«Questo sì, è irritante.»

E si avviano verso la riva del lago.

Rimangono in silenzio ripensando alle parole riportate dal diario. Negli ultimi anni, per Mario la riva del lago era un luogo di conci-

liazione, di pace. Le due donne hanno la sensazione di assimilarne un po' assieme all'aria umida. Si trattengono a lungo, riflettendo e chiacchierando lo stretto necessario, proprio come faceva il fratello.

«Stavamo bene qui.»

Alla voce sconosciuta si girano di scatto.

«Siete le sorelle di Mario, vero? Sono Tonio.»

«Certo», dice Angela. «Ci siamo visti all'obitorio.»

«Mi manca molto, venivamo sempre qui a pescare.»

«Com'era?»

«Serio, leale, grande lavoratore. Aveva dei segreti, per questo forse parlava poco, non voleva lasciarseli sfuggire.»

«Quali segreti?»

«Se non lo sapete voi!» commenta Tonio, fedele alla promessa fatta all'amico anni prima. «Vi dispiace se mi metto a pescare? Possiamo parlare ugualmente.»

Quando si accomiatano, Tonio ha già qualche pesce agonizzante nel cesto.

Impossibile, per le sorelle, non riandare con il pensiero agli avvenimenti di due anni prima. Distese sugli stessi letti usati in quell'occasione, evocano a lungo i ricordi, addolciti dal tempo che li ha ammantati di un sentimento simile alla tolleranza.

Trovano la cugina in buona salute. Non si aspettava certo una visita così poco probabile, ma ne è felice. Non è invecchiata molto rispetto al loro ultimo incontro in occasione della morte del fratello. Allora era già vedova da qualche anno e, venduta la fabbrica, aveva potuto occuparsi di quella spinta creativa che sonnecchiava da sempre in lei.

Bevono una tazza di caffè parlando di Mario.

«Seguitemi», dice d'improvviso la cugina guidandole verso quella che fu la camera del loro fratello, quando ancora era poco più di un ragazzo. «È passato così tanto tempo... Eppure ho la sensazione che

non sia passato affatto e che lui possa entrare da quella porta da un momento all'altro.»

«È una suggestione che avverto anch'io, Caterina. Ancora non ci siamo abituate al fatto che sia morto», risponde Lucia. Poi, ricordando le osservazioni scritte sul diario a proposito del castagno e del lago, si avvicina alle finestre. Nel farlo, nota su una piccola scrivania che un tempo non c'era, una quantità di disegni a matita.

Caterina, seguendo lo sguardo della cugina, spiega: «Questa stanza è il mio laboratorio ora, mi piace disegnare. Guardate pure.»

Le sorelle, affascinate, osservano i disegni. Ritraggono uomini, donne, bambini colti nella loro quotidianità: un crocchio di giovanotti intenti a chiacchierare sotto il castagno, qualche operaio impegnato a svolgere il proprio lavoro alla fabbrica, ragazzi con il pallone ai piedi, i pescatori a bordo lago oppure sulle barche. Le opere sono realizzate con una matita morbida, i contorni dei soggetti non sono ben definiti, ma le luci e le ombre regalano al disegno espressività e carattere.

«Belli...», osserva Angela.

Caterina prende dal cassetto della scrivania una cartelletta e gliela porge.

«Questi disegni sono un po' diversi. Non come stile, sto parlando dei contenuti.»

Guardano il primo della raccolta. Inizialmente vedono un uomo e una donna che, tenendosi per mano, sembra si guardino teneramente. Poi Angela aggrotta le sopracciglia e allontana il disegno per avere una visione diversa.

«Ma... Questa donna sembra un...»

«È un uomo!» suggerisce Caterina.

Anche Lucia, incuriosita, guarda meglio.

«Assomiglia a Mario.»

«Brava, hai visto giusto.»

«Mario?» fa eco Angela, che non aveva notato il particolare.

«Sì», risponde la vecchia. «Il carattere del giovanotto mi sfuggiva. Avevo l'impressione che serbasse in cuore dei pesi, si esprimeva quasi con formalità e a volte appariva molto nervoso. Certe cose a mio marito non le potevo dire, già mi accusava di avere troppa fantasia. Ma vostro fratello era misterioso e l'ho osservato molto bene negli anni di permanenza qui. Credo soffrisse molto, aveva dei segreti e io credo di aver intuito la loro origine. Mi sono espressa tramite il disegno.»

«Siamo venute fin qui, a due anni dalla sua morte, nel tentativo di conoscere meglio il suo ambiente, le sue abitudini. Sappiamo così poco di lui e ora che non c'è più vorremmo capire chi fosse veramente. Il carattere complicato, il nervosismo e l'inquietudine rendevano impossibile la comunicazione. Certo che è difficile, abbiamo solo dubbi e rancori.»

«Intanto,» dice di rimando Angela, «abbiamo scoperto che aveva ricevuto una ricompensa in denaro per gli straordinari fatti. Poi, dal breve incontro con Tonio, ci siamo persuase che gli era davvero amico, e questi due fatti ci rincuorano, non credi?»

«Sicuro! Ma tu, cara cugina, come sai che... Come hai fatto ad accorgerti della sua... Insomma, quando ti sei resa conto che...»

«Una sera di tanti anni fa,» inizia la donna «non riuscivo a trovare la mia vestaglia di seta. Ho frugato ovunque. Mi ricordavo di averla stesa ad asciugare qualche giorno prima in soffitta, ma là non c'era. Ero sicura di averla messa accanto alla camicia di Mario che ancora penzolava dai fili. Com'era possibile? Qualcuno me l'aveva rubata. Fu così che puntai l'attenzione su vostro fratello, solo lui poteva averla presa. Ma perché, mi chiedevo. Ero convinta delle mie supposizioni e molto curiosa. Mi sono confidata con mio marito ma lui, come sempre, non prendeva sul serio quel tipo di speculazioni, diceva che sapevano di pettegolezzo. Da quel momento ho tenuto gli occhi ben aperti, ma la bocca cucita.»

Angela getta lo sguardo oltre la finestra: è già buio, ma il castagno s'impone più scuro della notte. Lucia, avendo osservato la sorella, si rivolge a Caterina: «Beh, se vogliamo dar credito al diario, noi sappiamo dove si trova la vestaglia. Ma... Ancora dobbiamo convincerci che sia tutto vero.»

«È tutto vero!» esordisce Angela con uno strano tono autoritario e con lo sguardo rivolto al castagno. Le altre due la guardano incredule. Allora, voltandosi lentamente, infila una mano in tasca e con aria misteriosa ne estrae un foglio arrotolato.

«Cos'è?»

«Una lettera scritta da Mario, ma non ve la leggerò adesso.»

* * *

Manca mezz'ora alla mezzanotte quando le donne escono in piazza. A quell'ora il bar è chiuso da un po', nessuno gironzola nella notte e se qualche insonne lo avesse fatto la cugina aveva in serbo una frottola pronta.

Il castagno è lì, a due passi. Vedendole, muove appena i rami in un saluto gentile. Tempestato da piccole foglie in crescita, ricorda loro che è sempre possibile rinnovarsi. Quella sera l'albero ha dato tutto sé stesso per influenzare le scelte del trio femminile. L'ha fatto per Mario tramite Angela, l'empatica sorella.

Ed eccole lì, un cero a rischiarare quel poco tutt'attorno, mentre si avvicinano leggere. Si fermano proprio davanti alla cavità del tronco, in silenzio. Sembrano statue di sale tanto sono rigide e pallide, ma nel petto il cuore batte come un tamburo. Lucia crede che quel tam tam si possa propagare per le viuzze del paese, a risvegliare chi dorme, ad allarmare. Gira gli occhi pieni di paura per controllare, poi in un sussurro: «Lo sentite il mio cuore pulsare?».

«Zitta! Anche il mio batte fortissimo.»

Hanno di che sentirsi tese, in gioco c'è una verità importante da sta-

bilire e, che ci riescano o meno, il dopo può essere difficile da sopportare.

Caterina non ha bisogno di confermare ciò che già sa su Mario, desidera solamente sostenere le cugine e, alla faccenda dell'indumento ficcato dentro l'albero, crede poco. Perché l'avrebbe fatto? Se l'aveva preso, una ragione doveva pur esserci, e quale se non quella di indossarlo? Secondo lei la vestaglia di seta giaceva nell'armadio di qualcuno. Ma nonostante lo scetticismo è curiosa.

Lucia invece è sicura di trovarla nell'albero. Fra tutte le vicende lette sul diario a cui crede sì e no, quella la ritiene possibile e soprattutto la può accettare.

Il pensiero di Angela è condizionato dalla lettera che ancora tiene in tasca. Da quando l'ha letta non ha più dubbi sulla sincerità del diario. Insomma, ciò che Mario aveva scritto non erano storie fantastiche, ma il drammatico racconto della propria vita. Dunque, la vestaglia di seta doveva essere custodita dentro quel tronco. "E se non ci fosse stata?" Allora anche il diario avrebbe perso il suo valore, e di conseguenza anche la lettera, ora spiegazzata dalla mano nervosa che Angela infila continuamente in tasca per ripetuti, inutili controlli.

Senza preavviso, si tuffa letteralmente nel cavo, fatica a sistemarsi in modo da potersi muovere e finalmente allunga le braccia cominciando a tastare il colmo della cavità. Passa le dita tutto attorno, in cerchio, sulle pareti interne del tronco, avvicinandosi man mano al centro. Fino a quel momento la materia lignea sollecitata dai polpastrelli avidi di conferme è piuttosto dura. Ogni tanto le cade addosso qualche pezzo di legno marcio. Finché un cedimento nella struttura, fino a quel momento rigida, la fa sobbalzare. Trova il coraggio di rovistare sperando di non disturbare qualche animale. Sfiora qualcosa di morbido, ne afferra un lembo e tira. Esce dall'albero con un fagotto lercio stretto in mano. Si scrolla di dosso polvere e residui di legno morto in modo sommario poi, assieme, le tre donne cercano di distendere e ripulire al meglio ciò che credono sia la vestaglia in seta.

Lo è. La percorrono e la ripercorrono con le dita come ad accertarsene, fanno scivolare i polpastrelli laddove si può, fra lo sporco. Scoprono così le iniziali della cugina ricamate sul bordo di una tasca: **cr**, *Caterina Rossi, il nome da maritata. Hanno bisogno di qualche minuto per dar tempo alla forte emozione di dissolversi, affinché possano di nuovo pensare e parlare.*

Allora Angela esibisce finalmente la lettera. Si stringono l'un l'altra, intrappolando fra loro la luce della fiammella traballante del cero. Osservano la busta, sgualcita, un po' curva e affrancata. Ma senza un timbro postale.

«Secondo me» spiega, «dopo aver scritto la lettera non ha mai osato spedirla ma la portava sempre con sé, nascosta nel cilindretto in alluminio dove l'ho scoperta, nella speranza, prima o poi, di trovare un po' di coraggio per farlo.»

Era indirizzata a un certo professore di Milano.

«Ma chi è? Come faceva Mario a sapere di lui, e poi, per quale ragione aveva scritto a uno che nemmeno conosceva?»

«Siamo sicuri che la lettera sia sua?» bisbiglia la cugina.

«Certo! Non ci sono dubbi», asserisce Angela, pratica della grafia obliqua e regolare del fratello.

«Entriamo in casa a leggerla?» azzarda Caterina.

«No, avevamo deciso di farlo qui, sotto questo castagno», e Angela distende la lettera.

«Egregio Dottore», *inizia Angela con l'emozione nella voce,* «ebbi notizie di lei, della sua capacità e della sua discrezione da uno stimato parroco del mio villaggio, don Natale. Mi voglio presentare. Mi chiamo Mario R., ho quarantadue anni e ho bisogno del suo aiuto.»

Le donne si guardano, curiosità e preoccupazione sono dipinte sui volti. Lucia e Caterina seguono il testo, ma l'ansia le costringe a spingersi oltre, anticipando la lettura per capire dove Mario volesse arrivare.

«Mi è costata molta fatica raccontarle queste cose di me. Ma sono stato obbligato a farlo perché quella che sto vivendo è una vita terribile per me. Più di una volta ebbi da pensare che sono fatto sbagliato, tanto da averne vergogna con i miei cari e anche con me stesso.»

La lettura ora si fa stentata. Le lacrime deformano la grafia, le parole danzano alla luce della fiammella agitata da un filo d'aria. Le altre due, il fazzoletto stretto in mano, tirano su col naso e si asciugano gli occhi con fare furtivo.

«Se potesse aiutarmi, stimato Dottore, forse potrei continuare a vivere.»

Il dramma contenuto in quella mezza pagina era un grido d'aiuto indirizzato a uno specialista, un lamento sordo, carico di sofferenza accumulata che, per la prima volta, trovava respiro.

Uno sfogo, ma soprattutto la triste confessione di un uomo convinto che la natura gli avesse giocato un brutto tiro, o comunque di essere vittima di una delle tante bizzarrie che la natura dissemina a caso.

Lui desiderava un corpo diverso, adatto alla sua indole sensibile e delicata.

La lettera terminava con uno struggente pensiero di speranza verso sé stesso, poi seguiva l'indirizzo e, sotto, la firma.

Le donne si abbracciano, commosse. Ora interpretano diversamente gli umori mutevoli di Mario, la sua rabbia, gli scatti d'ira. Comprendono il significato delle misteriose sparizioni di indumenti avvenute nei loro armadi, valutano in altro modo il suo perenne stato d'ansia.

A lungo il fratello si era portato appresso quella missiva, rinnovando ogni giorno i tormenti, sfidando la propria reticenza e colpevolizzandosi per non trovare il coraggio di chiedere aiuto.

Il castagno abbassa leggermente i rami in un gesto di protezione verso l'intimità sofferta delle donne.

Le campane suonano la mezzanotte, un nuovo giorno comincia: va srotolandosi pian piano verso il mattino anche se per ora regna il buio. Il possente castagno, muovendosi nella leggera brezza della notte, fa vibrare una volta ancora i suoi piccoli, verdi gagliardetti.

Poi, di colpo, il pianto si fa più dolce, le lacrime meno amare. Ancora abbracciate, le donne si avviano, passo passo, verso casa.

Le sorelle quella notte dormiranno dalla cugina, nella camera occupata un tempo da Mario. Prima di coricarsi guardano ancora il castagno, mentore silenzioso del fratello. Gli occhi, che da poco avevano smesso di piangere, si inumidiscono ancora, esprimendo riconoscenza. Si affacciano quindi all'altra finestra, per rilassarsi un po' e respirare l'aria umida intrisa di umori di lago. L'acqua è scura e ferma come la notte, non ne vedono i confini nemmeno forzando la vista. Spengono la luce. Fasciate dall'oscurità, riprendono a indagare nella densa nebulosa nera.

«Guarda, c'è un'ombra laggiù.»

«Ah, sì, la vedo appena appena, cosa sarà mai?»

Il cielo è solcato da grosse nuvole. Una di esse, incorniciata da una magnifica corona luminosa, scivola lenta sotto la luna. Le donne hanno sempre gli occhi puntati sulla misteriosa ombra quando un raggio, approfittando dei bordi sfilacciati del nuvolone, si scaglia giù, verso il lago. È in quel momento che vedono un barbaglio, un piccolo riverbero luminescente, talmente lontano e breve da poterlo quasi ignorare. Per Angela e Lucia è un fuoco d'artificio. Non dicono nulla, ma ambedue pensano a un segno mandato da Mario. Un saluto di pacificazione.

Si mettono a letto e lasciano che il conforto scorra liberamente in corpo trasformando il livore in compassione.

Un pescatore armeggia attorno alla canna da pesca. Una grossa anguilla lucida come uno specchio, irradiata dalla luna finalmente regina del cielo, lancia un fulgido guizzo prima di essere gettata nel cesto di vimini.

Ma Angela e Lucia dormono già.

Ringrazio:

mio marito Ermes per avermi aiutata e sostenuta, ma soprattutto per avermi incoraggiata a vincere le mie resistenze per una possibile pubblicazione di questo romanzo.

Michele Fazioli che, con la sua sensibilità e professionalità, mi ha dato importanti consigli per completare al meglio alcuni capitoli.

La cara amica Giovanna Ceccarelli per aver corretto con acutezza, perizia e precisione il manoscritto e per averne migliorato la coerenza narrativa.

Gabriele Capelli per la disponibilità, competenza e simpatia che mi ha dimostrato.

Tutti coloro che mi hanno aiutata e sostenuta, in particolare mio figlio Simone e mio cognato André.

Concetta Scotto d'Antuono,
A Piazzett'ena vota

Flavio Stroppini,
Niente salvia a maggio

Maria Rosaria Valentini,
Quattro mele annurche

Fritz Zorn,
Marte. Il cavaliere, la morte e il diavolo

Patrick White,
La mano di una donna

James Barlow,
L'anno crudele

Maria Rosaria Valentini,
Di armadilli e charango...

Umberto Domina,
Contiene frutta secca

Chris Ayres,
Corrispondenza di guerra per codardi

Fausto Cattaneo,
Operazioni sotto copertura

Maria Rosaria Valentini,
Antonia

Oliver Scharpf,
Lo chalet e altri miti svizzeri

Mario Casella,
Nero-bianco-nero. Un viaggio tra le montagne e la storia del Caucaso

Fabio Caminada,
Il ponte della luna

Oscar Matti,
Il casalingo

Pedro Lenz,
In porta c'ero io!

Sanjay Nigam,
L'uomo dei Trapianti

Flavio Stroppini,
Pellegrino di cemento

Edi e Camillo Minguzzi,
Il codice della follia

Flavio Stroppini,
La voce di Arnold. Monologo teatrale

Mario Casella,
Calendario verosimile

Giorgio Noseda,
Una finestra nella tua casa

Alessia J.,
Fallimento terapeutico. Una storia vera

Prisca Agustoni,
Cosa resta del bianco

Mattia Cavadini,
Un cielo blu genziana

Flavio Stroppini,
Svizzera 14

Carlo Silini,
Il ladro di ragazze

Virginia Helbling,
Dove nascono le madri

Daniele Dell'Agnola,
Anche i bruchi volano

Göri Klainguti,
Marcel Dupond e i gemelli criminali

Dada Montarolo,
Nessun messaggio nuovo

Tommy Cappellini,
Rigor mortis per Lupe

Giorgio Genetelli,
La conta degli ostinati

Mario Casella,
Il peso delle ombre. Racconti veri o false storie?

Gerry Mottis,
Terra bruciata. Le streghe, il boia e il diavolo

Noëmi Lerch,
La Contadina

Damiano Leone,
Il simbolo

Alexandre Hmine
La chiave nel latte

Diego Bernasconi
Lauto Grill

Chiara Pelossi Angelucci
Un'improbabile cacciatrice d'indizi

Carlo Silini,
Latte e sangue

Flavio Stroppini,
Comunque. Tell

Cla Biert,
La müdada

Pedro Lenz,
La bella Fanny

Luca Brunoni
Silenzi

Damiano Leone
Il guaritore

Giorgio Genetelli,
Merluz Vogn

Giorgio Genetelli,
Il becaària

Begoña Feijoo Fariña
Per una fetta di mela secca

Bérénice Capatti
L'anno senza estate

Flavio Stroppini,
Sotto il cielo del mondo

Yari Bernasconi & Andrea Fazioli,
A Zurigo, sulla luna. Dodici mesi in Paradeplatz

Luca Brunoni,
Indelebile

Petros Michalopoulos,
Errore dell'arte

Gerry Mottis,
Domenica Matta. Storia di una strega e del suo boia

Pedro Lenz,
Primitivo

Carlo Silini,
Le ammaliatrici

Rosario Vitale,
Sant'Onofrio e la contessa

Sabina Zanini,
A una voce

Olimpia De Girolamo,
Tutto ciò che siamo stati

Mario Casella,
Senza scarpe

Lorenzo Sganzini,
In Svizzera. Sulle tracce di Helvetia

Dada Montarolo,
Mixing

Anne-Sophie Subilia,
La moglie

Odile Cornuz,
Fucile

Lara Fremder,
L'ordine apparente delle cose

Olimpia De Girolamo,
Volontà

Katia Balmelli,
Albero custode

poesia

Flavio Stroppini,
Bar Macello (scritti/01)

Janet Frame,
Parleranno le tempeste (poesia1)

Seamus Heaney,
Traversare l'inverno (poesia2)

Fabiano Alborghetti,
Corpuscoli di Krause